青杞

高振 著

百花洲文艺出版社

图书在版编目（CIP）数据

青杞 / 高振著. -- 南昌：百花洲文艺出版社，2024.1
ISBN 978-7-5500-5341-0

Ⅰ.①青… Ⅱ.①高… Ⅲ.①长篇小说 – 中国 – 当代
Ⅳ.①I247.5

中国国家版本馆CIP数据核字（2023）第209009号

青杞
QING QI

高振 著

出 版 人	陈 波
责任编辑	杨 旭
封面设计	温 霞
制 作	何 丹
出版发行	百花洲文艺出版社
社 址	南昌市红谷滩区世贸路898号博能中心一期A座20楼
邮 编	330038
经 销	全国新华书店
印 刷	江西骁翰科技有限公司
开 本	720mm×1000mm 1/32　印张 8.5
版 次	2024年1月第1版
印 次	2024年1月第1次印刷
字 数	130千字
书 号	ISBN 978-7-5500-5341-0
定 价	36.90元

赣版权登字：05-2023-371
版权所有，盗版必究
邮购联系 0791-86895108
网 址 http://www.bhzwy.com
图书若有印装错误，影响阅读，可向承印厂联系调换。

尽管玫瑰凋零了,但是它的颜色和芬芳依旧留存在我的大脑记忆里。

——布鲁克斯

序

壬寅孟秋，我正在书房查阅资料，收到复旦大学出站博士后高振邀我为他的书稿《青杞》作序的短信。这个信息犹如引子，让我不由得又想起这个勤奋踏实小伙子的点点滴滴。

还在六七年前，我与时为新疆医科大学附属中医医院国家中医临床研究基地研究部主任的高振的办公室同在一个小院，并且紧挨着。有时我会叫他过来帮忙将我的手稿录入电脑，有时他也会主动过来请教我一些中医药问题。相互频繁交流中我也发现他中医药功底扎实，很有悟性和开拓创新精神，是位勤奋好学多才的青年学者。

高振主要从事呼吸系统疾病的中医药防治和中医药文化研究，近年来他相继主持多项国家自然科学基金、中国博士后科学基金、省级创新团队计划项目，入选省级人才工程和复旦大学上海医学院医学名师培养工程。被聘为《国际中医中药杂志》《中华中医药杂志》《临床与病理杂志》《Journal of traditional Chinese medicine》（中医杂志）等多本杂志的编委或青年编委，作为主要人员获得省级科技进步一等奖、专利奖二等奖、医学科技奖一等奖等。当选中华中医药学会内科分会和肺系病分会委员、中国中西医结合学会循证医学委员会委员。

这些丰富的阅历使他对中医药有着更深入的理解，同时由于中医学的人学本质，也使得他对天地人及彼此间的关系有了不一样的体悟，这些体悟融进《青杞》的撰写中，其故事情节的精彩性和中医药知识内涵的丰富性不言而喻。我认为小说发展到现在不能仅仅停留在虚构故事的层面，更应该具有承载各类真实专业知识的功能，尤其是和人类健康息息相关的医学知识。从这方面看，《青杞》是一本以小说体裁的灵活性和情节的虚构性来反映当下中医药思维和诊疗特点，以中医药内涵的丰富性和说理的思辨性来拓展小说边界和叙述方式的试水之作，虽为试水，但仍可圈可点。我也曾建议高振将小说的背景放到古代，但是他却认为虽然小说的情节都是虚构的，但唯有放到现在才能让读者有更好的代入感，才能更好地展现中华传统文化之美，才能更好地体现当下的中医学现状。本人在新疆从事中西医结合临床科研教学工作已六十余年，对此有着更深的感触。清代名医薛生白曾谓："医岂易知而易为者哉？然亦不可不知者也。"对于医学，我们不论谁，都应该试着去了解和熟悉。唯有知道中医学的底层思维逻辑才能理解它的诊疗疾病过程，才能理解四诊之为四诊，思辨之为思辨，中药之为中药，针灸之为针灸，疗效之为疗效，才能理解中医药之"真"到底是什么，而这些都是这本书试图展现给大家的。除此之外，这本书还为初入中医药校园的学子提供了学习、读书方法上的参考。

我乐为之序，今谨以此文表达我的颂贺之忱。

沈宝藩

2023 年 10 月 14 日

（沈宝藩，教授，主任医师，第三届国医大师。）

目录

001　第一章　有时三点两点雨
007　第二章　初相见
019　第三章　杏花吹满头
027　第四章　一路经行处
035　第五章　豆蔻梢头二月初
043　第六章　已觉春心动
047　第七章　高山流水遇知音
057　第八章　似牵衣待话
065　第九章　一生惆怅为伊多
071　第十章　竹炉汤沸火初红
079　第十一章　纤手破新橙
085　第十二章　言入黄花川
093　第十三章　雪液清甘涨井泉
099　第十四章　吾往矣
103　第十五章　笑渐不闻声渐悄

109	第十六章	惟变所适
115	第十七章	炉焰犹然煖气蒸
125	第十八章	灯花结
135	第十九章	凝眸处
141	第二十章	汤响松风听煮茶
151	第二十一章	春风自在梨花
159	第二十二章	心似双丝网
167	第二十三章	松竹环居耐岁华
175	第二十四章	今夕何夕
185	第二十五章	桐花半亩
191	第二十六章	偏宜去扫雪烹茶
201	第二十七章	二月杨花轻复微
211	第二十八章	当空雁叫
217	第二十九章	春纵在，与谁同！
227	第三十章	红泥小火炉
237	第三十一章	离心何以赠
243	第三十二章	丁香枝上，豆蔻梢头
251	第三十三章	别后书辞

第一章

有时三点两点雨

【柳带东风一向斜,春阴澹澹蔽人家。有时三点两点雨,到处十枝五枝花。万井楼台疑绣画,九原珠翠似烟霞。年年今日谁相问,独卧长安泣岁华。(唐·李山甫《寒食二首·其一》)】

一个男孩子的幸福，少了别人——尤其是自己意中人的分享，那感觉无疑是要减去一大半，但之前深埋心中的念想因了这幸福的鼓励也会被提到心头。比如在我今年如愿地考上了济水中医药大学之后，那埋藏了大半年的青涩情愫便悄然萌动。

这所学校在尚未升格为大学前的济水中医学院时期，已在中医药界颇有名气，在卫生出版社、中医药出版社等国家级行业权威出版社出版的全国统编教材编委甚至主编位置常常出现该校教授的名字。同类院校排名非常靠前，而且在20世纪70年代即被列为国家重点扶持的中医药院校和省属重点高校。有人说，古代科学是历史学的研究对象，是终将被新的科学体系所替代的，你见过古代天文学或古代农学在现今学科体系的复权吗？那是这些人还没有充分理解人体与疾病的复杂性，也高估了现代医学目前的发展水平，中医药和中西医结合的健康发展不仅是医学科学发展的必然选择，更是患者和社会的需要……

这个话题深邃，还是让我就此打住。

据说某年某著名学者在临沂进行田野考察期间偶染风寒，引发旧疾，旷日不愈。当地相关部门本着对学者和知识尊重的原则，当然也是为了展示当地的医疗技术水平，遂组织当地医生精锐进行会诊。专家们根据各自经验充分阐述了观点，这些观点汇总后不可谓不周详，但患者却始终病情不减。后经这些专家讨论，认为或可请一位老中医试试。后经引荐，我校著名温病学家钱思南教授应约赴诊。望、闻、问、切四诊过后，钱老略一权衡，出一方清营汤加减。患者服之，六剂见效，一时传为佳话。

当然，此事让四十多年后的我，每念及此便浮想联翩，想着某日参加某高规格学术研讨会，会议间隙偶遇某著名人士身体有恙，遂"视其外应，以知其内脏，则知所病矣"。然后四诊合参，探索病源，推求经络，合此成方。此人服之，三七二十一天诸症皆除。其感激莫名，慷慨将其珍藏许久的中医古籍善本尽授予我，使我可以一窥未经后世修饰甚至修改的中医药古典医籍真容。唉——人生若蝉，得此甘露足矣！只是大学五年间，别说著名人士，就是校长本人，我也只是有那么一次机会，在旁听他研究生学位论文答辩时与之擦肩。

岁月不居，20世纪70年代，在"面向农村、面向工矿、面向工农"等办学原则的指导下，济水中医学院和济水医学院合并办学，校名济水新医学院，统一招生；历时五年，两校又恢复独立办学。于是济水中医学院远迁至当时省城的偏僻之地，燕子山脚下。

时至我入学时的2001年，济南汽车联运站。

"师傅，到济水中医药大学。"我怕他听不懂我的郯城话，故意撇的"郯味"普通话，当然郯城话中"药"的读音是 yuē。

"老师儿，去哪个学校？"司机发动了车，右手停在车钥匙上。

"济水中医药大学，燕子山脚下的那个。"我脸一红，他竟然管我这样一个只有高中学历的小青年叫老师儿，难道自己看起来很有文化，或在和他的交谈中，无意间说出的哪句话暴露了我的学识，让我看起来"腹有诗书气自华"？但后来几年的大学生活经历告诉我，绝非如此。在济南，陌生人也好，熟人也罢，彼此间的称呼多是"老师儿"，"老师儿"这一称呼无关职业，也与对方腹笥是否充盈无涉。

"哦？"司机皱了一下眉头，"是那个民办的中西医结合学院吧？"显然，"济水中医药大学"这串字符超出了他的知识储备，只能启用了模糊搜索和非精准匹配功能。

"是经十路靠近燕子山段的济水中医药大学，公办的省属重点高校。"我拿出录取通知书核对了一下校名，底气已不是十分的足。看着朝别的院校去的学生已经陆续走了，于是对着司机说："沿着经十路走，定能看见。"司机斜眼看了一下后视镜中的我们，诡异一笑。——直到后来很长的一段时间，当我因为办事重走经十路的时候，我才体味出司机这"诡异一笑"背后的"意味深长"，当然"意味"是没有的，剩下的就是这"深长"的、据说是全国最长的城市主干道：经十路。沿着经十路，我和我爸俩一律将脖子扭成90度，向着车窗外，仔细地看着路边闪过的一幢幢带着不同年代痕迹的建筑物，终于找到了传说中的济水中医药大学，一块不大的银色牌匾上竖排着"济水中医药大学"七个大字。

有时想想也觉得这是一件现实又无奈的事情，堂堂一个省属重点大学，建校四十余载，在全国乃至全世界中医学界都具有一定的影响力，但在出租车司机眼中的知名度竟然还比不过一个近似专业设置的民办院校。打开当时各种版本的济南市市区地图，你会发现在济水师范大学和济水艺术学院之间有一块空白，说到这片空白我内心就有点激动了，这里就是我一直引以为傲的学习和生活了五年的地方——济水中医药大学。济水师范大学和济水中医药大学一路之隔，这"一路"就是承载了太多这两所大学学生共同记忆和情感的水师东路——在校的几年，我一直在想一个问题，它为什么不叫水中医西路？后来想，大概是为了省一个字显得简练吧？每逢周末，两校学生徜徉于此，茶肆书店，饭铺网吧，商店衣坊，鳞次栉比。

就在出租车驶入校门，即将到达报到点的时候，一个疑问在我心中渐渐升起，堂堂大学之谓，占地面积竟然还没有我的高中校园大，最高的楼不过六层，最大的建筑物统计数字不超过两位。当然，"大学之道，在明明德，在亲民，在止于至善"。也许正如清华大学梅贻琦教授所言："所谓大学者，非谓有大楼之谓也，有大师之谓也。"难道这里果真大师云集，卧虎藏龙？透过车窗，我看着学校主教学楼楼顶的绿色琉璃瓦屋檐，陷入了沉思。

第二章

初相见

【双蝶绣罗裙,东池宴,初相见。朱粉不深匀,闲花淡淡春。

细看诸处好,人人道,柳腰身。昨日乱山昏,来时衣上云。(宋·张先《醉垂鞭·双蝶绣罗裙》)】

在报到点，我坐在花坛边的石条上，左右打量着身边穿梭来往的新生。大凡稍微活泼开朗一点的女生总有一个学长帮拿行李，另一件行李则落在女生父亲肩头，中间走着两手空空的女孩和学长老乡长老乡短地说着客气话。作为学长的老乡们热情地介绍着学校的光荣传统和自己的学识能力，当然也包括自己在学校社团的任职，这最后一条也重要，往往借此很快就能收获学妹们崇拜的目光。可是像我，一个人在三件行李边坐了快一个小时，也不见一个学长来收获我的"崇拜"。这时就听见正对第一餐厅南门缴费处的一个女声问我爸："你叫樊青桐？"显然是对我爸的年龄产生了怀疑。接着便听见我爸说话的声音，她朝我这边看了一眼。我对着她迅速收回的目光咧了一下嘴，发现那女生的侧面很是漂亮，经过玻璃折射后的阳光很好地勾勒出她秀美的轮廓，让我想起了我的高中同学李青译。

新落成的宿舍楼，通体贴着浅白色的瓷砖，墙壁上大大的⑤字熠熠生辉。远处靠近墙角梧桐树下的门似乎闭着，只有这个靠近马路的玻璃门中人群如闸口的河水般激荡往复，杂色河水中的漂浮物是从全省甚至全国各地汇流而来的莘莘岐黄学子扛在肩头的行李。我和父亲扛着这来自沂蒙老区的行李融在这杂色河水中，大汗淋漓地爬上四楼，找到416房间。发现八人间的宿舍已经到了六个人，除了6床的同学在翻看杂志，其余五个都躺在床上休息。晚上大家一介绍才知道住6床的叫柏望春，年纪在宿舍排行老二。柏望春，阅历丰富，济南槐荫区人，笑声爽朗、内涵丰富，行事仗义豪爽，系我们宿舍的足球高手（其余六人皆不踢足球，宿舍年龄最大的宋玉进校后才开始学），第一次参加学校举行的足球比赛就因为狂灌自己球门两个乌龙球而在全校名声大振，自此被中医学院"雪藏"半年。晚上，班级点名，才从

第二章 初相见

别人的口中得知柏望春的父亲为我们学校非直属第九附属医院的科研科科长。

床头都贴着号码，冥冥之中已经决定了你的出场顺序和所处位置，比如我是8号床，尽管我是第七个进入宿舍的，可我仍要住8床。我放下行李迅速瞥一眼窗外，看到对面宿舍的窗户上都挂了各式的窗帘，就知道那是女生宿舍，这样的宿舍楼栋布局又让我回想起高中时男女生隔空相对背诵文言文和进行英语对话的场景，或许现在要隔空对背《黄帝内经》《伤寒论》和《温病条辨》了吧？但是后来的学习经历告诉我，是我把学习中医想得太简单了，除了背诵外更重要的可能还是理解，是老师的讲解与启发，是与不同的人一起交流，是在临床实践中不断地观察与校正。比如中医诊断学中的涩脉，既主伤精、血少，又主气滞血瘀、挟痰和挟食；再比如一味中药有好多功效，在治疗某单一疾病时可能并非每种功效都会体现出来，要想熟知这些诊断指标与方剂、中药的对应关系，就必须在临床中去体悟。父亲帮我装上被罩枕套，买齐了生活所需，坐了一会儿说："青桐，我得走了，再晚就赶不上今晚的火车了。你就在宿舍休息，有什么事情就往家里打电话。"父亲说完站起身向宿舍外走去，我也站了起来，紧咬着嘴唇，不敢说话，可就在父亲走出宿舍门的一刹那泪水还是下来了。我没有去追父亲，赶紧蹲下身趴在壁橱里装作收拾东西，眼前突然就展开了故乡那片连天的杞柳林。

杞柳，落叶丛生灌木，单株高可达两米，大拇指粗细，一株一株紧挨在一起，放眼望去，形似一片绿色海洋随波而荡。长成割下，剥皮晾干，用于编制各种工艺品，俗称柳条。我的老家便躲在这样一片方圆四千多亩的杞柳林之中。一条两米多宽的沥青马路沿途贯穿起零星分布的几十户人家,这便是蒙山一脉——马陵山脚下的樊家庄。白天漂着泡沫的河水在路两岸的灌溉渠中淙淙地流着,几个老者坐在渠边几株一抱多粗的合欢树下,悠然地吸着旱烟,喷吐着隔代的往事。每至傍晚,青蛙便在河边聒噪,扔一块石头,也只换得片刻宁静。

拿到大学录取通知书的那天,我一个人跑到杞柳林深处的一个小池塘边,对着高中毕业照看了又看,觉得李青译还是蛮漂亮的,而且高中三年,她算是和我比较要好的几个女生之一,那时一直忙于学习,现在倒是有了机会。想到这,我赶紧跑回家中,拿起笔写了我今生第一封算是情书的东西。

李青译:

你好,毕业至今已逾一月,近况如何,甚念。记得高中时,我虽是你的小组长,可是除了每周六的打扫卫生,实际接触的时间并不是很多。只是后来,你的座位调到了我的前排,由于讨论习题,接触才多了起来。

也许你不知,每周六当你和赵丽两个人换好衣服朝白马河跑步的时候,我都不紧不慢地跟在你们后面。我知道每次你们跑到白马河边的那片小竹林,都会停下来坐上一会儿。你可能没有察觉,每当夕阳的红光经河水的反射幻化成你红彤彤的脸颊时,我的心中总是不由得一阵温暖。

毕业了,大家无论是匆匆的合影留念,还是若有所思地写上几句美好的祝福或是伤感的离别话语,无非想给三年高中生活一个交代,给毕业后留下一点以资凭吊的载体。可我真的不想这样,我不愿让这段情谊就这样轻易地被风干以至凋零,零落成泥,我想让这段本就鲜活的情谊继续延续,成长。

于是只有书信，于是今晚便验证了那句老话：情长纸短。

对了，李青译，毕业时大家走得匆忙，也没来得及向你要一张单人照。如果收到这封信我真希望你能寄我一张。

还有，我的济水中医药大学的录取通知书来了，9月7号开学，你呢？

此致

祝好

青桐

孟秋之月

其实依我当时的心情，这封信应写得轰轰烈烈，情意缠绵。可是想想高中时和她不过是一般朋友，只因巧合坐在前后排，也只是因为多会了几道习题而交流较多罢了，不能操之过急。及至后来学习中医内科学发现，无论攻补之法皆有一个循序渐进的过程，一如明代医家张介宾所言，"用补之法，贵乎先轻后重，务在成功；用攻之法，必须先缓后峻，及病则已"。就这样，我想她也应该会明白的，毕竟处于一个如此敏感的年龄。

从这封信被投进邮箱的那一刻起，我便处在一种焦躁不安的等待之中，好在信发出的第七天就收到了李青译的回信。雪白的信封上鲜明地写着"樊青桐亲启"。爱情，什么是爱情？爱情的开始就是刹那间的心动与不被拒绝的回应。坐在桌前，我把信逐字逐句看了一遍又一遍，终于读出了文字之外的意思。于是赶紧拿起电话，用颤抖的手拨通了李青译写在信件末尾处的那个我已经默记于心的电话号码。

"喂，你好。"

"你好啊，李青译。"

显然，李青译忘记了或者根本就没反应过来这个就是我樊青桐的声音，静了有两秒钟就听见李青译歉意地说："不好意思，刚才电话线路信号不好，没听太清，你是？"

"我是樊青桐啊，李青译。"我心里有点小小的失落，但看着照片中她那张笑盈盈的脸庞，我还是找到了一丝安慰，"你的照片收到啦！"

"是你呀，樊青桐。开学准备好了吗？照片是以前的，有点幼稚。"

"挺好啊，毕竟底子在那呢！东西都准备好了，之前就差你的一张照片，现在也有了。嘿嘿……"

"那张不好，等有时间我再给你寄一张新的吧？"

听到这里我心里暖暖的，我听明白了这个"再"的意思，于是问道："你那边怎么样？"

沉默了一会儿，才听见那边说："我这次没考好，成绩刚够专科线，真想找一个陌生的地方，躲起来！"

"你，你要躲到哪儿，不会去出家吧？"

"呵呵，出嫁？嫁给你啊。开个玩笑啦！我报了马陵师范学院，目前我就告诉你一个同学。"

不知她是真的错听成"出嫁"还是故意这样理解，结果是各种安慰和鼓励的话就带着我的感情传到了李青译的耳朵中。我听出了她的苦闷与彷徨，她听出了我话里话外小心翼翼的表达。这种表达是她平生第一次聆听，而且发生在高考发榜后的第一时间。十天后的9月7日，我正是怀着这种淡淡的忧愁和对大学生活的憧憬踏上了去济南的火车。

到了学校的当天晚上，我就去买了张"200电话卡"，站在3号女生宿舍楼下的简易电话亭给李青译打电话，李青译话里话外对我充满了关切之意。我打完电话回到宿舍，见桌子上放了一台收音机，一个女主播正在用富有磁性的沙哑声音在讲着关于情感的话题，听得弟兄们一个个都有点不好意思。其中也有一个例外，这就是柏望春，这种节目于他自是小儿科，在这方面他自称"矻轮老手"。瞧他现在坐立不安，一会儿拍拍这个，笑两声；一会儿摸摸那个，露出诡异的表情，弄得大伙都红了脸。当然，随之而播出的长篇小说联播《平凡的世界》却是我们一致的最爱。

在军训的二十天苦累生活中，每晚半小时的长篇联播《平凡的世界》成了我们心灵的慰藉之一，为我们年轻而疲惫的身体注入了强大的奋斗的勇气与活力。但为不打扰别人，此时谁也不再公开地去听那个收音机的大喇叭，都躲在自己的被窝里把学校统一订购的大学英语四、六级考试专用耳机小心地调到昨晚默记的那个波段上，悠然而激动地享受着这来自祖国西北黄土高原的喜怒哀乐，以及这之前的那10分钟"话题"。

军训表面看艰苦而单调，但也正是在这一片草绿色的统一之中，大家暂时抹去了贫富、着装和发型等的差异，建立起一种平等的融洽，彼此开始了最初的了解，建立起纯粹的友谊。更重要的是通过一系列的军事训练项目培养了我们艰苦奋斗、吃苦耐劳的坚强毅力和集体主义精神。现在无意中翻起那张军训时一个个被晒得黝黑的合影时，心中还能泛起丝丝苦涩的甜蜜。

若从比例看，医学院校的男女相对均衡，比如我们班有50人，刚好男女各半，其中一个女生在入学体检中被发现色盲而被退了回去，所以男生就比女生多出一个，我想我就是那个多出来的人。这样想着，我就用第49名同学的视角来观察这48名男女各半的班级。不出一周，我就发现了一个人——柳杞儿。当然，也不能叫发现，应该是遇见，是在我作为"主角"的事情中遇见了她。

"遇见"她后，我就开始了最初的观察，觉得她似乎比别人多了点什么或者少了点什么。后来，柳杞儿不无揶揄地对我说她多的那一点就是气质，少的那一点就是媚俗。记得刚报到那天，她一袭缀满紫色小花的白色连衣裙，一米六多的个头显得亭亭玉立，而且在她转头说话或者无意间拂下刘海的时候，胸前就会轻轻地跃动一下，蕴含着一点自信的味道。一根淡色的带子一半隐没在连衣裙的圆领口中，单凭这一点就惹得我内心"波澜一惊"，继而荡漾开去，我暗想这根带子下面到底系着什么东西，又垂到了胸前的什么位置？

军训的第三天，依旧练习齐步走和站军姿，我站的那一列刚好和女生挨着。在进行单列训练的时候，前面两排女生向前走十步然后向后转，我刚好正面对着她。"来，第三排听口令，齐步走！"教官一声令下，我们昂首挺胸向前走去，教官似乎只注意我们这一排走得齐不齐，并没有注意到我正步走时的同手同脚（山东话叫顺拐），连长在我们第三排和第二排靠得只有不到半米的时候才喊了立定，这时我和她都抬着头，四目相视，距离不到50厘米，"扑哧——"一声她突然笑了，这时教官目光坚毅地走了过来，我心里暗想："哼，现在有好戏看啦！刚好可以趁机歇会儿。"万没有想到她竟然给了我好戏看。

"报告连长，我感觉这个同学齐步走的时候手脚动作与众不同，顺拐了，请指示！"她说着，平举着葱一样的手指在我鼻尖前10厘米的地方。我当时羞得满脸通红——不过由于脸皮被太阳晒得像李逵，估计谁也没有看出我的脸红。我当着教官的面微笑着谢谢她给我的提醒和帮助，然后教官让我利用别的队友休息的时间，在太阳底下练习正步走，边走我边在心里想着怎么"回敬"她。

说着机会就来了。军训新生严格执行规律的作息时间，中午吃饭时间是 70 分钟，加之当时学校只有两个餐厅，所以每到饭点餐厅的拥挤程度就像正月十五的庙会。刚好今天我和柏望春一起到餐厅吃饭，我占座位，他去打饭，就看见柳杞儿端着盘子朝我这边走来，因为别的桌子好像都已经满了，怎么着我也算是一个熟人吧。"没人吧？'饭'同学？"我抬头瞄了她一眼没有吱声，她便自顾自地坐下吃饭。我想："真好，等一会儿柏望春回来，她刚好吃到一半，让她蹲在桌边吃！"当然，我之所以没有吱声也是有着其他原因的。虽说我现在很生气，但清纯、美丽所具有的魅力是无法阻挡的。你看，就在她坐在我对面吃饭的这一会儿工夫，就聚集了许多欣赏的目光，似乎于我也平添了很多光彩。

在我或者还有其他目光的注视下，柳杞儿吃完了最后一口饭。我咽了一口唾沫，转头朝打饭的窗口一看，哪还有柏望春的影子？餐卡还在柏望春身上，难道就饿着？下午还要军训，于是我只好说："柳杞儿，能不能借你餐卡用下？"

"当然可以！"说完话柳杞儿把餐卡递到我面前，我高兴地刚想接，她猛地又收了回去，继续说道，"不过有一个条件。"我低头默然不语，这时肚子却不争气地又叫了几声，柳杞儿微微一笑，"你得保证忘了我给教官报告你正步走顺拐的事情，其实我也只是一时没有忍住，并非故意为之。"

我抬起头看着她，心想你让我比别人多晒了一个多小时太阳，我心里能忘，皮肤的黑色素细胞也忘不了吧？但为了吃饭，只能暂时委屈了黑色素细胞。"什么事情,我怎么不记得?"说完我伸手抓过餐卡,走到窗口买了两条鲫鱼和馒头回来,夹了一大块鱼肉放在嘴里,边咀嚼边看着她,"柳杞儿,就算我大脑能忘,身体也还记得啊,哈哈!"

乐极生悲,一根鱼刺突然卡在了我的嗓子眼,让我的笑声戛然而止。曾有的所谓经验涌上心头,我急急地塞了一大块馒头在嘴里,咬也不咬就想往下吞,"不要咽!"柳杞儿大喝一声叫停了我的吞咽动作,"你是不是被鱼刺卡着了?"

我点了点头,柳杞儿接着说道:"鱼刺卡喉,只能往外咳,不可借助馒头往里吞,否则说不定会引起出血。"

柳杞儿说完,起身去卖砂锅的自助窗口拿了两个瓶子回来。我感激地看了她一眼,接过瓶子倒了小半碗,仰头灌进嘴里,本想慢慢咽下,可酱油夹杂着辣子,呛得我泪滴凝在眼角,拿起瓶子狠狠地对着柳杞儿晃了晃。环顾四周,并无垃圾桶,只好闭上眼睛,强忍着咽下。

在我的怒目下,柳杞儿解释道:"那有一瓶酱油,一瓶醋,也没有标签,情急之下我就全拿来了,谁让你二话不说就往嘴里灌了。"说着用另一个瓶子倒了有一大口的量递给我。

我噘着个嘴接过碗,认真地看了一下,是醋;又用鼻子闻了闻,然后小心地伸出舌尖舔了舔,真是醋!但即使是醋也依然没有什么效果。及至学了中药学,才知道如果当时重用中药威灵仙加砂糖、醋浓煎,徐徐呷服或许有效,是取威灵仙软坚消骨鲠之功。

"也不知道刺扎的深浅,张开嘴我看看!" 柳杞儿语气坚决,顺手从军训备用医疗箱里取出一把小镊子和压舌板。我顺从地张开嘴巴,就感到舌头被轻轻压住,随即她手中的小镊子上就多了一根弯曲的鱼刺。"还好刺扎得不深。"听她说完,我随手夹起一块豆腐放在嘴里,轻轻嚼碎咽下，嗓子果然没有什么异物感了。咽下了豆腐，不代表我能咽下这口气。

下午见到柏望春，他道歉说在打饭时认识了一个其他班的女生，就忘了帮我买饭的事情。

军训的最后一个科目是10公里拉练和打靶，出发之前"首长"给我们下达的任务是："某歹徒劫持人质后隐藏至象山，其人精神失常，人质有生命危险，上级下令采取果断措施……"到了象山，发现"歹徒"就是那些立在山前的木质靶子，离靶子大约200米的地方，25把自动步枪一字排开，每人领一个装有5发子弹的弹夹轮流过去。拿到枪后，我立即装上弹夹，激动地抚摸着黑色的枪身，陪打催促道："不要乱摸，赶紧放枪。"这时就听见左右枪声响起，我也斜睨着眼睛扣动扳机，子弹呼啸而出。"看我枪法咋样？"陪打说："打得不错！"我说："是啊，四次中靶。"陪打眼角上扬，轻蔑地说了一句："四次中有三次是你右边的第二个同志打的。"我蹙眉转头，发现"那个同志"竟然是柳杞儿。

第三章

杏花吹满头

【春日游,杏花吹满头。陌上谁家年少,足风流?

妾拟将身嫁与,一生休。纵被无情弃,不能羞。(唐·韦庄《思帝乡·春日游》)】

军训结束没多久，就到了"十一"长假。一回到家中，我就迫不及待地给李青译打电话，约她到县城玩，她略一迟疑后答应了。晚上我躺在床上大睁着眼睛，今天既是"十一"又是中秋节，月娘在庭院中婆娑槐树的映衬下显得愈发娇美了。"月色溶溶夜，花阴寂寂春；如何临皓魄，不见月中人？"我想起了《西厢记》中张生在月朗风清的后花园吟诵的这首诗，并由此得到了崔莺莺的赏识与回应。翻译大家许渊冲还将之翻译成了英文"All dissolve in moonlight, Spring's lonely in flower's shade. I see the moon so bright, Where's her beautiful maid?"高中英语老师上课时还专门提到过。一夜辗转反侧，脑中闪现着历史上那些才子佳人相遇相识时的情形，不觉天就亮了。

李青译穿了一件白色七分裤和淡蓝色的短袖上衣，恰到好处地呈现着女性线条的柔美与灵动。脸上好像擦了粉，又好像没有，只微微掺了点朝霞的颜色，感觉比高中时显得漂亮和洋气了一些。

我走过去，站到她面前，扶了一下眼镜，说："你，你是李青译？"

她抬头看着我，学着我的语气："我，我李青译啊，你，你，你樊青桐啊？"只一句话，我的心就被拉近了好多。

"李青译，感觉你现在比高中时更好看了。相形之下，咱们这格调明显的一个阳春白雪，一个下里巴人！"

"好看你就多看一会儿，"话虽这么说，李青译还是羞红了脸，"行了，高中时就知道你能说会道，别给我耍贫嘴了。说，把本姑娘骗出来有什么意图？"

"也没什么，就是想你，不是，想见见你呗！"我低着头，没好意思正视她的眼睛。

"好吧，走啦，先到你在信中所说的白马河吧。经你一说我倒特别想念那片小竹林了。我骑着你的自行车,就像在信中说的,你还是不紧不慢地在后面追我,好吗?"

"李青译,那怎么行呢?你看你今天穿了这么漂亮的衣服,费力气的差事还是我来干吧!"说着我抬腿跨上了自行车。

李青译听完没再说什么,一屁股坐上自行车后座,"开路!"李青译一声令下,我喊了一声:"好咧,姑娘您坐好!"自行车平稳地沿着田间小径向白马河驶去。白马河里的水依然澄澈、丰满。几只刚长成的家鹅在水中悠然自得,全然不顾河水中慢慢驶过的两个年轻人和自行车的倒影,坐在后座的女孩还有意无意地用自己的脚掌来给这平静的倒影增加几圈涟漪。那一天,我们都很兴奋,聊了很多,也沉默了很久。那一天,我们也都很敏感,哪怕一个小小的动作和一句平常的话语也会考虑半天它的意义。当然,彼此都小心翼翼,谁也未越雷池半步,很好地把谈话的范围限定在好朋友之内。那一天,我请她吃了第一顿饭,是一碗拉面,小菜是扬州的"三和四美"酱菜。拉面不贵,但有寓意,象征着以后两人的关系长长久久,两人的生活和和美美。

"十一"长假过完,重新回到学校,我们的大学生活才算正式开始。宿舍没有了军训时的整洁,也没有了军训时的严格管理。被子叠的形状由"豆腐块"变成"馒头"最后简直就成了一块"炊饼"。各种推销也渐渐如秋后地上的落叶一般多了起来。一天吃了晚饭,大家正坐在床上闲聊。忽然进来一个推销的,瘦瘦的个头,用我们中医的话说一派气虚质的表现。

"要望远镜吗?180倍的。"

"要那玩意干啥,又不是天文望远镜。"舍长雷尧首先发问。

"哎，兄弟，这话你说错了。我问你，你们宿舍旁边是什么地方？水师东路。到了夏天，那里可是一个丰富多彩的世界啊，呵呵……"显然这个推销的并非高手，因为他不了解读书人所追求的那种"花看半开，酒饮微醺"的状态。我们八个人十六只眼睛不由自主地顺着他的手势望向了窗外。可是这个家伙把话说得如此露骨，明显就是做不成这单生意了，此即《论语·子路篇》中所谓"名不正，则言不顺；言不顺，则事不成"。

推销人走后，我们宿舍便召开了"416宿舍第一次卧谈例会"。经过一番热烈、友好而又坦诚的讨论，最终形成了一份题为《关于416宿舍集资购买电视机等相关用品的意见（讨论稿）》，望远镜就在"等"里。当然，购买这宗物品的重要动力是柏望春的允诺："以后想看什么片子尽管说，我家有的是。"我们懂得他的意思。于是一不做，二不休，在意见形成的第二天物品全部到位。当晚柏望春把满满一包碟片倒在床上堆成好大一摊时，让我们狠狠吃了一惊。除了《六人行》这种情景喜剧外，缠绵悱恻的爱情片让我们如痴如醉，充满着对青涩爱情的思慕。

于是在苦苦坚持了19年之后，在大一这年十一月份的某个周六，我开始变得不再单纯，一个晚上起来三次，思前想后，夜不能寐。心想"五心烦热"是肝肾阴虚引起的"相火妄动"还是心肾不交引起的"水亏火亢"？是服知柏地黄丸还是天王补心丹？考虑到我并无失眠的表现，且感觉睡时汗出，更倾向于肝肾阴虚，于是偷偷去药店买了一瓶知柏地黄丸，撕下标签，每天三次服用，坚持了7天。直到一天在图书馆翻看《方剂学》，才意识到在没有明确诊断的情况下中药是不能乱吃的，所谓通过服药达到"有病治病，无病强身"的目的，借用菩提祖师谓孙悟空的话语说"也似壁里安柱"。因为中医认为，任何疾病的发生发展过程都是致病因素作用于人体，引起机体正邪斗争，从而导致阴阳气血偏盛偏衰或脏腑经络机能活动失常，故而中药治病的基本作用不外是扶正祛邪，消除病因，恢复脏腑经络的生理功能；纠正阴阳气血偏盛偏衰的病理现象，使之最大程度上恢复到正常状态，达到治愈疾病，恢复健康的目的。在机体阴阳平衡的时候，不能贸然使用偏性药物，更不能想当然，于是我赶紧停掉了。当然，我之所以如此快地选择停药也和袁浩天对我的提醒有关，他说我这样盲目吃药无异于守株（中药）待兔（病证）。他的原话是"其以药试人之疾，间一获效，则亦如村甿牧竖，望正鹄而射之，偶尔中焉"（明·程敏政序《丹溪心法》）。这句话的前后我都能听懂，就是这个"村甿牧竖"让我不知所云，直至后来学了《医古文》才知道，这个词的意思是指乡村中的牧牛童子。

袁浩天，当时是我们班写字最好的一个，六岁开始练习毛笔字，所以不单硬笔，连毛笔字也写得有模有样，我们班的墙报大部分都出自他的手笔。还记得有一次，我们宿舍几个人高兴地逛完泉城广场回来，一推门都愣住了。只见宿舍上铺朝上的四周墙壁都贴着白纸黑字，正对着门是一横幅"克绍箕裘"；左手边是"医贵乎精，学贵乎博，识贵乎卓，心贵乎虚，业贵乎专，言贵乎显，法贵乎活，方贵乎纯，治贵乎巧，效贵乎捷，知乎此则医之能事毕矣"；右手边是"善言天者，必有验于人；善言古者，必有合于今；善言人者，必有厌于己。如此，则道不惑而要数极，所谓明也"。纸贴得并不是很结实，开门的时候正好有风从窗户吹进来，哗哗地飘动着，白的纸，黑的字……

袁浩天笑盈盈地坐在床上，似乎在等着我们夸赞，柏望春走过去摸了下袁浩天的额头说："浩天，你不是脑子进水了吧？要不要送市四医院？你看整个宿舍给你弄得像个什么？"袁浩天环视一周，说："很好啊，励志堂！"

"柏望春，你看那些劣质的宣纸白得多瘆人，多像那个啥，看得整个人的心情都不好了。"我小声在柏望春面前耳语着，突然发现我贴在床边墙上的那张画中的三个女生只露出一只无辜的眼睛看着我，其他部分早就被一大块白纸和黑字糊住了，我突然声音提高了八度对着袁浩天大叫，"袁浩天，你太过分了，为什么糟蹋我的偶像？！"

由于之前做过几次不好的梦，我就听了"高人"指点，在床头挂上偶像派明星的照片，以便晚上再做梦的时候，她们能成为梦中的主角。现在我枕头边的墙上贴的是一张三个女生的画，我特喜欢她们古灵精怪的样子，一个很清纯，一个很刚强，一个很温柔。当晚袁浩天撕去他的墨宝后，我依然沿袭着以前的习惯，趁着没有熄灯，面壁而睡，拿下眼镜，近距离地观赏着。可是那晚不知怎么了，老是感觉怪怪的，一个脸上的粉涂得很不均匀，一块深一块浅的；另一个好像多了一撇胡子，我用手轻轻一摸，黑色的墨汁就沾了我一手，不用多想，这些肯定是袁浩天的杰作！那晚，我做了一个很奇怪的梦，一个女子留着一缕长长的胡子在后面追我。

袁浩天颇受中医养生观念的影响，一直有着"食毕，饮清茶一杯，起行百步，以手摩脐"的习惯。当然他的另一个嗜好就是写毛笔字，每周二、四、六晚上如果没有统一安排，他一般都会待在宿舍练习毛笔字。彼时，整个宿舍回荡着从袁浩天那个破单放机里流出来的优雅的古筝曲或琵琶乐，如《汉宫秋月》《渔舟唱晚》，或是《广陵散》什么的，磁带老旧，声音偶有断续，像二三十年代的留声机，加之袁浩天不修边幅的形象，更添一丝苍凉与感怀。桌子的右上角放着一盏茶，茶香丝丝，墨香阵阵，袁浩天此时也是一脸庄严，出口不离"阴阳者，天地之道也，万物之纲纪，变化之父母，生杀之本始，神明之府也，治病必求于本"，"别君去兮何时还？且放白鹿青崖间，须行即骑访名山。安能摧眉折腰事权贵，使我不得开心颜！"等，对中医经典、唐诗宋词颇有烂熟于心的味道。

而且，刚入学那阵，袁浩天特别热心地给人题词，譬如"大音希声，大象无形"什么的。开始我也试着向袁浩天讨墨宝，毕竟人家字写得好，而且第一次考试就以全班第二名的身份拿了一等奖学金，说不定以后一不小心出了名，这些字也还能值几两银子。一晚，袁浩天神神秘秘地坐到我的床前对我说："青桐，我刚手书了一首诗送给你。"我激动万分，迅速朝着桌上的劣质宣纸围了过去。左边是题目"春江花月夜，题赠樊青桐同仁。"右边靠下是两方印章，一方为阳文曰：袁；另一方为阴文曰：浩天。中间便是这首被誉为"孤篇盖全唐"的长诗。我双手接了，小心翼翼地折起来，放进壁橱的深处。"不知江月待何人，但见长江送流水。……谁家今夜扁舟子？何处相思明月楼？"这两句也被悄悄地放进了我的梦里，或许我们每个人都是"江月"，每个人也都是"长江"，既是等待者，同时也是送行者。

第四章

一路经行处

【一路经行处,莓苔见履痕。白云依静渚,春草闭闲门。过雨看松色,随山到水源。溪花与禅意,相对亦忘言。(唐·刘长卿《寻南溪常山道人隐居》)】

在入住新楼的第一年，学校给每个宿舍安装了电话，这样我就不用老站在3号女生宿舍楼下的简易电话亭给李青译打电话了。当然，凡事有利也就有弊。比如宿舍装了电话，无论接打都方便了很多，但要想说些悄悄话就须躲进卫生间旁边的阳台，而此时如果卫生间里恰有一个兄弟正在手持望远镜观看楼角之梧桐花、欣赏楼下过往之异性（在一次班会上，辅导员提出批评后该现象终止），那你就不得不低声下气地求他暂时回避一下。而如果恰逢周末，水师东路上行人如织，再碰上隔壁大学舞蹈系的女生侧立在街边和商贩讨价还价或与同学逗笑，那你就非得额外加上一支雪糕了。

大一上学期的课程多是些中医入门和现代医学的基础知识，重在培养对中医的兴趣和传授基本的中医学概念。与旧时普通人学中医先做学徒药工，认识药房药屉中的药物，甚或接着学习晒药、提戥、碾药、制药和包药，并掌握切、碾、炒、打、炙、酥、飞等制作中药丸散膏丹的基本功不同，现在中医院校学生的培养按照现代科学体系编写的《中医基础理论》《中医诊断学》《中药学》《方剂学》和《中国医学史》等开始，当然还有现代医学的《解剖学》《生理学》《病理学》《诊断学》等。体育学的是简化二十四式太极拳，总体门数却不多。所以就有了一定的闲暇时间，大部分男女生宿舍搞起了联谊。我们宿舍由于宋玉对女生不感兴趣，一米八几的个头在女生面前一说话就脸红。柏望春无所谓，对这种形而上的东西很不感冒，早早地宣布我们班的女生他没有看上一个，而且他不喜欢打迂回战。雷尧有了自己的女朋友，正如胶似漆，开学几个月来他已经到他女朋友的学校"交流"了数次。钟三麦太小，一心要考复旦大学的中西医结合专业。袁浩天最近迷上了太极拳，每晚都要在教学楼前的榕树下练武到熄灯，最近正积极拉拢我做他的师弟。弄到最后只有两个人坚持要联谊，那就是张冬旸和周晋陇。但我们其他人的意见是由他俩去联系一个我们大家都满意的宿舍，我们就联谊，否则免谈。

"就像中药中的'七情'配伍规律一样，'单行'总比'相恶'强。这样你们成功的概率反倒更大，你看宿舍的其他人有没有可能与你们'相须'或者'相使'的？我越来越觉得这个中药配伍理论不仅讲了用药，更是组建团队的一个指导。比如一个人能力极强，那么就像中药'单行'，单用一味药即可以用来治疗某种病情单一的疾病。而更多时候团队成员需要互相帮助，就像中药'相须'，两种功效类似的药物配伍使用，可以增强原有药物的功效。还有就是我们需要不同专业的融合，用不同专业的人来促进我们专业的发展，就像中药的'相使'，一种药物为主，另一种药物为辅，辅药能提高主药的疗效。当然，更多的时候，我们也会觉得有些人太有个性，不利于团队的发展，这时候必须要有另一些人来制衡，这个就像中药的'相畏'或'相杀'，一种药物的毒副作用能被另一种药物所抑制，或换一种视角来看，一种药物能消除另一种药物的毒副作用。我们必须避免的是使用那些负能量太大的人，'牢骚太盛防肠断'，这个也就像中药的'相恶'或者'相反'了，'相恶'者两药配伍，一种药物能降低另一种药物的功效；'相反'者两药配伍，会产生或增强毒副作用。"袁浩天一改之前的缄默不语，利用中药配伍理论给寻找联谊宿舍这事做了注脚，使得张冬旸和周晋陇放弃了先圈定大范围，再锁定小目标的打算，改为点对点出击。

一晚，我和袁浩天一起练完太极拳回来，钟三麦迎上来说："青桐，嫂子刚才给你打电话了，你不在，她让我告诉你等你回来给她回个电话,她在宿舍等你。"

"什么嫂子,我高中同学。"我说着走过去,接过钟三麦手中的电话走到阳台,打过去,李青译正在。

"我们宿舍人说,有女生自称我女朋友给我打电话,是你吧?"我对着电话那头的李青译玩笑道。

"谁是你女朋友呀,你怎么打我这儿来啦?"

"我,这个,你,嘿嘿……"

"哼,再欺负我,可就不理你了。樊青桐,我同学拉我今晚去网吧玩通宵,你去不?"

"那必然,天上下刀子也得去!"说着我抬起手腕看了一眼手表,"时间快到了,咱们走吧,网上再聊。"她说了声:"那好,再见!"听见那边"咔嗒"一声挂了电话,我也小心翼翼地扣上话机。在家时,爸就常教导我无论什么时候和别人通电话,都要等对方挂了电话后你再挂。父亲当时说这话纯粹出于礼貌,而现在对于我和李青译而言,更像是一种疼爱与关怀。

第二天一觉醒来,想想昨晚和李青译聊了一宿。具体说了什么事早已模糊,只依稀记得昨晚快十二点的时候我和李青译说出了我憋在心里许久的一句话,虽然对着的是那个叫作"逸云"的小企鹅。

琴童:李青译,我……我喜欢你。

这句话一发送,我的心便提到了嗓子眼,我知道这几个字的分量,就像发射火箭时的"点火"指令一样,要么一飞冲天,要么折戟沉沙。信息发过去,只看见 QQ 软件提示对方"正在输入信息",好几分钟都是这个状态。我心想:估计是黄了,要是同意,也就两三个字,第一次用电脑打字也不需要这么长时间,估计是在输入拒绝和因为拒绝而说的安慰话吧。想着,我仰头靠在椅背上,耳机中静悄悄的,静得让人心里有点发慌。此刻我不知该如何挽回这个尴尬局面,是"对不起,李青译,我发错了"还是"不好意思,李青译,我刚才少写了一个'不'字"?想想,又好像都不妥。

十分钟后,耳机里突然"嘀嘀"了两声,我一个激灵弹了起来,迅速打开QQ对话框,偌大的电脑屏幕只有QQ对话框这个程序在运行,偌大的对话框里只有一个"哦"字。

嗯?这个"哦"是什么意思呢?不管什么意思,写了这么长时间竟然不是安慰的话,那就证明还有希望。这么长时间的"正在输入信息",竟然发给我的只有一个字,显然证明了她的小心翼翼与深思熟虑。随着耳机中频频传出的"嘀嘀"声,QQ对话框里也逐渐挤满了文字,我也渐渐开始觉察出这些文字的温度与色彩,以及平时所感受不到的那种文字之外的分量。

逸云:可"喜欢"和"爱"终究是不同的。

琴童:李青译,我说的喜欢就是爱,我……

逸云:青桐,你这样说我也听不见。明天吧,我要你亲口告诉我。

天近中午,我依然裹在被子里闭着眼睛懒懒地靠在墙上,努力回忆着昨夜QQ聊天的细节,心里乱乱的。突然电话铃响了,吓我一跳。宿舍没其他人,我拿起话筒舒服地躺在宋玉的床上道:"喂,你好。"

"青桐哥,你醒了?"

一听见是李青译,我不由得紧张起来:"是,是我呢,刚起床,你呢?"

"我早起来啦,他们都去广场玩了。我一个人在宿舍等你的电话,你忘啦?"

"嗯,没呢,不正想呢嘛!可我不好意思说出口,你等我酝酿一下。"我放下话筒,走过去拉了拉已经上了闩的门,很牢固;又仔细地清了清干涩的嗓子,平一平激动的心情,"李青译,那什么,我爱你。"本来是多么美好,多么顺口,多么发自内心的一句话,可是从我口中说出,声音语调却是那么的滑稽可笑。可是话筒那边却并没有笑,只听见李青译用她那清脆的声音,用只有恋爱中的人才有的娇滴滴的声音一字一顿地说道:"青桐哥哥,我也爱你。"

青桐哥哥,青译她叫我青桐哥哥,多么的亲切和深情,我轻轻地闭上了眼睛。

通完电话,我在床上一封一封地摊开青译写给我的信,又一次长吻了她的照片。这时突然有人敲门,我轻轻拉开门闩,进来一个戴墨镜手提黑色塑料袋的陌生青年,一进屋子他转身就关上了房门。"要碟片吗?"青年说着从黑色塑料袋里取出一张碟片放进影碟机。

"不要。"我不由分说将那人推出门外,从里面把门插上,坐在电视机前继续我的思绪。突然又有人敲门,我没好气地说:"谁?"

"我,刚才那个卖碟片的。"

"不是说不买了吗,你怎么还回来?"

"不买你也得让我把碟片取出来啊。"这时我才意识到电视机里正在播放着他的碟片,不过这也刚好应了那句老话,"心不在焉,视而不见,听而不闻,食而不知其味"(《大学》)。和那个青年一起出了宿舍门,我慢慢踱到楼道西头,打开窗户。窗外的水师东路上,一对对情侣手牵着手,我的脑海中不由得浮现出李青译的身影。转身回到宿舍,趴在床上写我和李青译挑明关系后的第一封信。

晚上在教室看了两个小时专业书,袁浩天便拉着我到楼下练太极拳。在教学楼前的榕树下借着教室的灯光,我不紧不慢地跟着袁浩天比画了有半小时,便坐到石桌边休息。这时走过来一个女生,一米六多的个头,瓜子脸,展现出一股男性的潇洒与女性的柔美。

"你好,你是袁浩天吧?"

"你,你是谁?"按常理,袁浩天的脸此刻应该绯红若桃花,颇似中医"戴阳证"面色,但因为他背光而坐,看不真切,我伸手一摸,挺烫。

"我是专一的学生徐苇丛,看你打太极拳很多天了,真好。我,我想和你学太极拳。"

袁浩天本就是个古道热肠的人,加之热爱太极,欲将其发扬光大,于是毫不犹豫地说:"行,没问题,你每晚来就是。不过我也才和乐之老师学了不到一年,他每周六下午在千佛山练功,你有时间也可以去观摩。"

那个叫徐苇丛的女生道了谢就走了。

"行啊,浩天,还有人暗恋你啊!还是有个特长好!瞧,人家小姑娘都主动过来和你习武了,而且开门见山,说她是一个'专一'的学生,就像电影中的小师妹看上了大师兄。真是惺惺惜惺惺,美女爱英雄啊!"现在来看,袁浩天不仅腹有诗书,而且身怀太极,颇有魅力。

"人家说的'专一'是大专一年级,你想啥呢?!"袁浩天认真地纠正着我的谐音梗,让我突然不知该怎么去接这话茬了。

第五章

豆蔻梢头二月初

【娉娉袅袅十三余,豆蔻梢头二月初。春风十里扬州路,卷上珠帘总不如。(唐·杜牧《赠别·其一》)】

熟读和背诵经典，是学习中医最重要的基本功，也是老师对我们的要求。一日坐在教室与袁浩天探讨木、火、土、金、水五行之间的关系，袁浩天说："盖造化之机，不可无生，亦不可无制。无生则发育无由，无制则亢而为害……"正说着收发员把一张邮包通知单递给我。我一看就是李青译那熟悉的字体。她还故弄玄虚地在"所邮寄物品"一栏写着"保密"。

我马上停止了和袁浩天的学术讨论，心想既然我现在和李青译的感情已经有了"生"的迹象，就必须好好创造条件让其"发育"，至于"为害"恐怕是不可能的。在骑着自行车去邮局的路上，《尚书·洪范篇》这句"水曰润下，火曰炎上，木曰曲直，金曰从革，土爱稼穑。润下作咸，炎上作苦，曲直作酸，从革作辛，稼穑作甘"对五行的归类和解释在我脑中萦绕。进而我想，如果按照"五行"的特性，我应该属于哪一"行"呢？因为"金"引申为具有沉降、肃杀、收敛、变革等性质或作用的事物和现象，被我首先排除。"土"味甘，"土爱稼穑"，引申为凡具有承载、受纳、生化等类似性质或作用的事物和现象，感觉也不太像。那么只剩下木、火、水三行，其中"木"味酸，喜欢吃醋的小姑娘应该多属于"木"吧，而且"木曰曲直"，能屈能伸，象征着少女柔嫩的腰肢；"火"味苦，那就是属于单相思的人吧，内心之苦那是很大的，而且由于是单相思，再多的感情也只得在自己内心燃烧，有的人郁闷久了，就上火，正符合"火曰炎上"的性格；"水"味咸，"水曰润下"，所以水可以滋润下行，这个就是属于恋爱中的小女孩了吧，可以滋润男生对于爱情的渴望。那青译是属于"水木"吧，滋润、温柔。我呢？

还没想出答案就到了邮局门口，想想邮局也算是一个奇妙的所在，有人进去后，仰天大笑出来，颇有"我辈岂是蓬蒿人"之感，那想必是此人收到了某名牌大学的录取通知书或某事业单位的录用通知；若是出门时，愁容满面，"何处高楼雁一声"的状态，想必只身一人在外，家中遇到了什么棘手之事；若是出门时，"柳暗花明又一村"，高兴之情溢于言表，想必是收到爱人肯定的回复，我当时属于最后一种。回到宿舍，小心拆开那个贴满胶带的小纸箱。首先露出的是一枚素雅的书签，背面写着："青桐哥哥，天冷了，给你寄件羊毛衫。我不在身边，好好照顾自己。——青译。"

是啊，元旦说着就到了，怎么说也得给青译送个礼物，可送什么好呢？于是当晚我请求召开了"416宿舍第二次睡前恳谈会"，商议决定：送一条项链。第二天一早，我拉上宋玉去买项链。转了半天，在水师东路的"石头记"花380元买了一根银白色带翡翠坠的项链，又花了八元寄走。我当然不会事先打电话告诉青译，有时候突然而至更有意义。

在我买项链的时候，宋玉躲躲闪闪地在一个藏饰品店买了一对狼牙。我说："宋玉，你买一个还不够吗，非要买一对装的？这个又不是戴在手脖子和脚脖子上的。"宋玉故作未闻状。回到宿舍，发现衷浩天手里拿了一叠有奖明信片坐在那儿喝茶。

"浩天，你那么多朋友啊，买这么多，用不用我帮你送几张？"

"哪是买的，今天辅导员让我去帮学校写明信片了，都是寄给全国各大高校的，一上午写了一百多张。这是剩下的，算是酬劳。"我一听是这样，于是毫不客气地拿过几张给我的高中老师一人寄了一张。末了，我又挑出一张尾数是88的明信片给青译寄去，据说这样的号码中奖概率高。当然也没忘记给近在咫尺的柳杞儿邮寄一张，上面用左手写道："祝你在新的一年能吃能睡，长胖胖！"也没有署名就直接塞进了我们班的邮箱。

第二天我早早起了床,经过一餐时还没有做好饭,我便去小商店买了一袋酸奶和一个茶叶蛋。走到教室,发现教室的门竟然开着,里面坐着正在背书的柳杞儿。我和她点了一下头,余光发现她桌了上扔着我昨天给她写的那张明信片,嘴上不无得意地说:"柳杞儿,早啊,吃饭了吗?咦,还有人给你寄明信片呢?这个祝福语写得有水平。"

柳杞儿并没转头看我,静静地说:"樊青桐,你真没有姓错啊?"

我边伸着脖子使劲咽下口中的鸡蛋黄边说道:"怎么了?"

"烦人呗,我发现怎么哪哪都能遇见你?念得那么流畅,你写的吧?"

听完这话,我做贼心虚般赶紧否认。接着解释道:"'营卫者,精气也;血者,神气也。故血之与气,异名同类焉。'因为我们都是'血气之男女也',我是'血'你是'气',所以注定在哪都能遇见啊。"

"不要拽文,谁和你'异名同类'?不过你说我是'气'也没关系,我不仅是'营气',而且还是'卫气'。不过你不是'血',是人身中'水'的另一种产物。"

"'津液'?'津液'好啊,能'润'能'泽'。"

"'水'停滞后的产物,痰。"柳杞儿说到这儿顿了一下,"就像《丹溪心法》中说的'痰之为物,随气升降,无处不到'。哈哈……"

正说着,门口陆续又走进来几个同学,我们便终止了谈话。

三天之后就是元旦,班级决定明晚在男生宿舍包饺子。一闻此讯,我们连夜对宿舍进行了一次彻底的大扫除,包括床铺底、柜子底在内的宿舍地面也是拖了一遍又一遍,每条毛巾都用开水烫过,然后打了香皂搓了又搓。还借来了空气清新剂,对着每张床底、每双鞋子喷了又喷。雷尧也把他女朋友忘了拿走的鞋子藏到了柜子里。我特意买了一瓶啫喱水，在柏望春的帮助下终于搞出一个油光可鉴的发型。

第二天天还没黑，女生们便陆续到了，柳杞儿穿戴一新，马尾辫似乎比平时扎得更高了一些。但最令我惊讶的是，夏婉脖子上竟然戴着和宋玉一样的"狼牙"。人们都说兄弟如手足，女人如柴刀，柴刀可能轻易地就斩断了手足。哼哼……记得上周我们隔壁宿舍的王甬捧了一束鲜花在女生宿舍楼下深情表白夏婉的时候，夏婉信誓旦旦地对王甬说："王甬同学，谢谢你看得起我。但是我们还小，大学期间理应以学业为重。我们不一直是好朋友吗？"此后，害得他们宿舍人说好几夜都在闹鬼，说夜里一点多老听见宿舍某个隐秘的角落有一个声音在嘤嘤啜泣，现在想来当是王甬了。原来夏婉对王甬说这句话的意思是"你不是我的菜，大学期间我都不会和你谈恋爱，和你谈恋爱会影响心情，进而影响学业！"可是女生的心太善，说话总是如此的含蓄与委婉。好一个以"学业为重"的夏婉，好一个"在女生面前一说话就脸红"的宋玉。想着，我抬头望向夏婉，果真她看宋玉时与看其他人时流露出的眼神不同，一个含情脉脉，一个清澈透明。

柳杞儿无疑是我在宿舍说得最多的一个女生。虽然宿舍其他人或许并不这样看，但我却认为她是我们班最有韵味的女生。尽管军训那次她让我难堪，但在背后我却不掩饰对她的欣赏——或许因为是同一个本科生导师的门下弟子，这些欣赏倒也并不显得突兀。

今晚，我就坐在柳杞儿旁边，中间隔着夏婉，害得宋玉老拿眼睛剜我，耳边响着柏望春和我们班团支书合唱的《白桦林》。我看着柳杞儿将一对饺子皮擀得团团转，一对水灵灵的眸子汪着一抹海水，长长的睫毛忽闪忽闪，周身弥漫着淡雅的荷花香。我的心猛然间一阵悸动,脑海出现一首诗:"娉娉袅袅十三余,豆蔻梢头二月初。春风十里扬州路,卷上珠帘总不如。"

2002年2月4日,农历辛巳年立春这天,在纷纷扬扬的雪花中,我们考完了本学期的最后一门课。回到宿舍给青译打电话告诉她我们放假的事情,她说:"我正在小学见习,9号结束,那咱们2月14号上午八点柳春公园门口不见不散!"

"为什么非得等到2月14号?"我问道。

"呵,傻瓜,自己猜去。青桐哥,再见。"青译说完挂了电话。

我握着话筒听着"嘟嘟——"的忙音。恰好雷尧在我身边,我便问:"雷尧,我问问你,2月14号是个什么日子?"

"情人节啊!"雷尧说完用复杂的眼神看了我一眼,大有法国人不知道拿破仑的味道。我当时还在想中国的情人节难道不是上巳节吗?如杜甫《丽人行》有云,"三月三日天气新,长安水边多丽人",就描述了年轻男女约会的热闹场景,当然含蓄一点的就是"月上柳梢头,人约黄昏后"了。

我换了身衣服拿了火车票冲到女生宿舍楼下。刚想喊,发现宋玉躲在一棵大树后,显然在等人。

"宋玉,等夏婉吧?"

"啊,啊,嗯,她,她想去大润发,叫我一起去帮她拿东西。"宋玉说着,满脸红得像个醉汉。我有时真搞不明白,像宋玉这么不善于表达的男生,是怎么找到女朋友的。是爱情这个东西不需要表达技巧,还是夏婉深谙"知其白,守其黑"之道?

"对了,你怎么也在这?"

"我来找柳杞儿,看看火车票能不能往后改签一下。"

"那你找啊，看你上得去？"宋玉说完一脸老实又狡黠的表情。我发现当一个人过分专注于某一个点的时候，就会降低对其他事情的感知与应对能力。

"柳杞儿——"对着二楼的窗户我大声叫道，宋玉闻此"嗖"的一声跳到了树后。被叫出来的不是柳杞儿却是夏婉，"她出去了，你有什么事吗？"满口的烟台味。

"也没什么大事。对了，你今晚和宋玉得请我吃饭，以后我也好改称呼啊。"夏婉闻此意味深长神秘兮兮地对着我边点头边"噢——"了一声。

宋玉"忽"的一下从树后跳了出来，刚要开口说话，就听见夏婉在楼上道："好啊，一会儿一起到米香居吧！"爽快若此，怪不得宋玉这么快就有了女朋友。俗话说：男追女隔座山，女追男隔层纱。

"樊青桐，看得出来你对我们家柳杞儿很是感兴趣啊，要不要我帮帮你啊？"夏婉说着脸上流露出半是揶揄半是认真的表情。

"纵使郎有万般深情，也是女无半点薄意。哈哈，开玩笑！我们感兴趣的是学业。来来，咱们喝一杯！"本想高高兴兴蹭顿饭吃，看到他俩卿卿我我的样子，心里还有点酸酸的。本想回家前以改签火车票的名义再见见柳杞儿，结果未能如愿。

第六章

已觉春心动

【暖雨晴风初破冻。柳眼梅腮,已觉春心动。酒意诗情谁与共? 泪融残粉花钿重。

乍试夹衫金缕缝。山枕斜欹,枕损钗头凤。独抱浓愁无好梦,夜阑犹剪灯花弄。(宋·李清照《蝶恋花·离情》)】

由于激动和各种细节动作在内心的不断演练，直到天蒙蒙亮的时候我才迷迷糊糊地睡着，隐约看见青译微笑着向我走来。再醒来时已经 7 点 50 分，匆忙吞了两颗鸡蛋，两腿疯狂蹬着自行车，飞一般向县城驶去。一个半小时后，我赶到柳春公园，透过栅栏门，看见青译正焦急地在公园中央郯子雕像前踱来踱去。"青译，早啊。"我汗流满面地走到她的跟前，左手不好意思地挠了挠头，"还没有吃饭吧，我带你去吃饭！"青译没有说话，把左手腕伸到我的面前，我知道她是想让我看看手表现在都几点了。我一把抓住她伸过来的手，轻轻地抚了抚，柔声说道："好啦，青译，我知道你想要我家的祖传手镯，等我下次回家问我妈有没有啊，要有一定拿来！"说着我用力地拍了拍自己的胸脯。青译终究没有真生气，听完我的话，扑哧一声笑了："讨厌，谁说那个了？我就是要让你看看现在几点了？"

我两手握着青译的手放在胸前，动情地说："几点并不重要，重要的是此刻我们已经在一起。如何让我遇见你，在你最美丽的时刻！为这，我已在佛前求了五百年，佛说九点半，虽说比预定时间晚了一点点，但你的美丽，恰在那等待的瞬间。"

"好啦，好啦，第一次约会，你就迟到了一个小时三十一分钟。"我于是连忙对着郯子的雕像发誓下不为例，赤胆忠心，天地可鉴。

我骑着自行车载着青译走在郯城的街上，发现迎面而来的年轻人，有的兴高采烈，西装革履，怀抱娇嫩欲滴的玫瑰，行色匆匆；有的两手空空，面带愠色。我故意把自行车骑得左摇右摆，青译的手就不得不揽紧了我的腰。到了路口，我花了 33 元买了一枝玫瑰送给青译。又顺道在苏果超市买了一堆零食，围着小县城转了个圈，其实我们在找一个静谧温馨的地点。

第六章 已觉春心动

最后我们又转回柳春公园。"那有一座假山。"顺着青译说话的方向望去，确有一座青石砌就的假山，上面稀稀疏疏地长着一些花草。"好，我们上。"说完，我拉着青译的手向假山攀去。站在山顶，我一把将青译揽入怀中。我看着青译的眼睛微微闭着，我舔了一下自己的嘴唇，慢慢地向她的唇靠近。她突然一下闪开，大叫一声："停。"

"怎么了，青译，你演电影呢？"

"你看——"青译用眼神示意我看背后。我扭头一看，两个青年正在山下不声不响地昂着头似笑非笑地看着我们。我朝他们笑了笑，说："对不起了，兄弟，今天就到这，散场了。"青译笑着捶了我一拳。我四周看了看，这的确是个好地方，这个山头几乎是整个公园的制高点，但缺点是一米多高的小树只遮住了我们的屁股和腿，并不隐蔽。

于是青译让我骑着自行车带她到远离城区的白马河，说那边人少。冬季的白马河瘦了许多，薄薄的一层冰皮裹住了夏日的喧哗。我们相拥着站在河畔小竹林边，听竹叶沙沙，"青译。"我轻轻地叫了一声。青译抬起躲在我怀中的笑脸道："青桐哥哥。"我低下了头，她慢慢抬起头，闭上了双眼。万年的光阴凝成那美妙的一刻，于是这一刻的光阴便具有了永恒的含义。我抬起了头，眼睛望着远方。青译的双手猛然间一阵紧箍，头又重新埋在了我的胸前，嘴中喃喃着："青桐哥。"

西边的落日光彩熠熠地望着刚刚升起的月亮，我揽着青译的肩头坐在玉带桥畔。"青桐哥，我给你买了一件礼物呢！"说着青译从斜挎在胸前的小包中取出一个包装精美的小盒子，双手送到我的面前，"现在不许看哦！"我接在手中，心里沉甸甸的，觉得有点语塞。人家一个女孩子还想着见面给你带礼物，你一个大男生却如此粗心，也不看看今天是什么日子。我沉默着，脸上的表情很尴尬。聪明而善解人意的青译肯定看懂了我的心思,她微笑着从包里取出了我在济南邮给她的项链,递到我手中,说:"谢谢你的礼物,我很喜欢。我要你亲手为我戴上,青桐哥。"我的双手颤抖着给青译戴上项链,顺势把她紧紧拥在怀里。

从县城回来,到亲戚朋友家串串门,根据他们的要求给他们看看舌象,号号脉,劝劝他们应该戒烟和少喝酒,做到"未病先防,既病防变"。有不听劝的,我就拿出在学校帮研究生学长做慢性阻塞性肺疾病动物实验时,大鼠被烟草烟雾熏了四个月的肺部解剖照片给他们看,当他们看到大鼠原来粉嫩的肺脏变成表面黑斑和肺大泡的时候,其中一大部分人确实对烟草产生了畏惧,增强了戒烟的决心。说着就到了大年三十,一家人聚在一起边看央视春晚边包饺子边油炸查干湖胖头鱼,鱼翻了几个身就被炸得焦黄。我的心也焦急得不行,我在等待电视里凌晨零点倒计时的钟声,我要在新年第一刻把电话打通。

第七章

高山流水遇知音

【玉节珠幢出翰林。诗书谋帅眷方深。威声虎啸复龙吟。

我是先生门下士,相逢有酒且教斟。高山流水遇知音。(宋·张孝祥《丑奴儿·张仲钦母夫人寿又八其一》)】

很庆幸能赶在月底前回到学校，要不然爸妈发现这个月家里的电话费陡增，定然会详细问我，我这人又不会撒谎，说不定就会被看出端倪。如果我的五舅爷在，一定又会让我奶奶给我做"无粮馒"进行忆苦思甜教育，曾经的挨饿经历让五舅爷一生勤俭，五舅爷给我讲述他们当年用玉米秆、红薯叶、野菜等制作"无粮馒"充饥的经历让我印象深刻，更让我倍加珍惜这来之不易的美好生活和学习机会。

我推开宿舍门，一股放假前彻夜复习应考的气息扑面而至，推开窗户，仿佛看见大家深夜打着手电筒在阳台背书的情景，于是挨个打电话告诉舍友们要带好吃的才能回来。每个室友通话时间限定在58秒，以确保电话卡里有50分钟以上的时间和青译聊天。打完电话，便拿了新书转移到教室，教室空荡荡的，墙上贴着"大医精诚"四个大字和几十株中药全草的标本，窗台上散落着一本严世芸教授主编的《中医学术发展史》。在经过柳杞儿的座位时，我停了下来，拿出纸巾把桌椅擦干净，坐下。眼睛下意识地看了看桌洞，空空的。我站起身走上讲台，在黑板上用力写下："一个知性的威海姑娘"。本来想写"念一个知性的威海姑娘"，但回头看看这一排排的桌椅，仿佛坐满了同学，终究还是没好意思。

想想中医学先贤也真是智慧，不仅在疾病诊断时讲究"因发知受"，强调"仲景以外邪之感，受本难知，发则可辨，因发知受"，在定义中药性状时更是切中肯綮，如中药本身的功效和四气、五味、升降浮沉、归经关系密切，而四气的寒、热、温、凉，升降浮沉和归经并非中药本身性状的体现，而是从药物作用于人体所发生的反应概括出来的，是与所治疾病的性质相对应的。也可以说，中医学较之现代医学，在更大程度上体现为医生与患者之间互动的产物。这个与爱情何异？

"不论你有多少爱,对方感觉不到爱,爱就不存在。"或者反过来说你对于异性的感觉虽然与对方的长相气质关系较大,更重要的是对方在你心中所留下的印象与感觉,要不如何解释"萝卜白菜,各有所爱"?其实爱情也完全可以套用清代医家刘一仁所著《医学传心录》中的这句话来表达:"夫百病之生也,各有其因,因有所感,则显其症。症者病之标;因者病之本。"只需将句中的"病"换成"爱情",将"症"换成"表现"即可。

没出一天,袁浩天他们都陆续回来了,离正式开学还有两天。我、宋玉、袁浩天,和刚打电话叫下来的夏婉、柳杞儿、徐苇丛一行六人,带着刚买的小型烟花和孔明灯来到了操场。黑色的夜空,清冷的空气,寂寥的操场,节后重逢的年轻人,赋予了这绚烂的小型烟花和冉冉升起的孔明灯无尽的寄托和情思。摇曳的火光中柳杞儿的脸蛋红扑扑的。

晚上,由于刚喝了点啤酒,躺在床上的我们都有点兴奋。柏望春提议大家讲讲自己的罗曼史。柏望春心直口快,首先发声,说他最近正在追一班的学习委员,并且自称进展良好。由他们视线的第一次交汇——我想应该是军训那次帮我买饭排队的时候,到相互搭讪,再到唾沫星飞溅到对方的衣服上,现已经成功牵了手,也不知真假,大家都说他吹牛。柏望春便取出钱包,打开来对着我们亮了亮女孩儿送他的照片,"怎么样,漂亮且有气质吧?"我们便问他什么时候可以确立男女朋友关系。柏望春伸出一个指头,说:"一个月,我是真心喜欢她,我感觉她也喜欢我。"柏望春此时表情严肃,大家就知道他的确动了心。柏望春说完就不再听别人说了,只一个劲地念叨那个女孩的名字。原来柏望春并不是想听我们的故事,而是想和我们展示他的眼光、魅力以及此刻的美好心情。怪不得有人说一个男人的幸福不仅在于背后他做过什么,更在于朋友可以恭维和羡慕他什么。

雷尧突然问:"望春,你还是个处男吗?"

柏望春笑了两声,突然间愣住了。其实我们都明白柏望春的心思,说自己是吧,平时自己又自诩深谙此道、恋爱专家,落个纸上谈兵的笑柄。若是否定,自己又冤枉,到现在也没有过真正的女朋友,而且对自己以后找女朋友也不利。

这时袁浩天突然发话了:"都睡觉吧,困死了。我明天还要到千佛山找乐之老师教我太极呢。"我们这个宿舍,别看袁浩天曾那么认真地观察过水师东路驻足购物的女生,对那些少儿不宜的片子也不反感,但只要一涉及现实中的男女之事讨论,袁浩天基本不参与。柏望春曾对此大为不满,说袁浩天不是男人,但此次袁浩天解了柏望春的围,柏望春便附和着说:"就是,睡觉。"不过有时想想,也觉得挺别扭的,一间二十平方米左右的宿舍,大家都兴奋地你一言我一语,却有一个人躺在黑暗中,支棱着耳朵倾听着,甚至大睁着双眼看着,时而嘴角诡异一笑,但就是缄默不语。

成绩出来了,不谙世事的、年纪最小的钟三麦不负众望,获得了一等奖学金,我拿了二等,袁浩天拿了个单项奖。三麦木讷,拿了奖也没有什么表示,袁浩天却非要拉着我一起请大家吃饭。吃饭就吃饭,宋玉还带上了女朋友。夏婉一在,宋玉喝起啤酒来就不是宋玉了,好像喝进了他肚子里的啤酒中的乙醇被代谢为乙醛后,会因他体内乙醛脱氢酶活性的降低而无法很快将之代谢为乙酸,继而这些乙醛会蓄积在夏婉的体内,导致她面红耳赤一样。喝着喝着,宋玉一看夏婉面无表情,就问:"夏婉,你看我是不是醉了?"夏婉说:"好像真醉了,说话都不利索了。"宋玉立即说:"是……是……是吗,我,我,我说怎么头晕得厉害呢！"然后趴在桌子上再也不喝一口。我们就对夏婉说："你看大哥醉了，这里就数你最大，你得和我们喝。"夏婉招架不住，喝了两杯就真脸红得不行，在宋玉肩头拍了一下说："哎，你该醒酒了！"说完扑在宋玉的怀中。我们一看这阵仗，就让宋玉先送夏婉回去。正笑说着，我一眼瞥见窗外走来了柳杞儿，赶忙起身迎了出去。

"师妹，你怎么来了？"

"拿了奖学金请客也不叫我一起，你这个'师妹情'有点水呀！你是不是忘记今天有重要的事情了啊？张老师让我们到他家去，还记得上次他布置我们背诵《黄帝内经·素问》吗？可能要提问和讲解。"柳杞儿说得急切，我猜她可能准备不充分，还记得前几天她一个远房表姐来学校附属医院看病，她一直陪着。

"这次是爬千佛山回来碰巧遇见他们几个，要不我不吃也得把你叫上啊！盛食厉兵，要不要进去吃一点再走？"我说着，用手挠了挠头，"《饮膳正要》不是说'善养性者，先饥而食，食勿令饱；先渴而饮，饮勿令过。食欲数而少，不欲顿而多'，所以——"我一看柳杞儿压根就没有听我说话，就知道她的心思不在这儿。于是对着窗户朝里面的兄弟们挥了挥手，就和柳杞儿相跟着来到我们的本科生导师——张济禹老师家。一路上我不间断地吃了有5片口香糖，本想压压啤酒味，倒差点把自己搞吐了。柳杞儿坐在公交车的最后一排对着袖珍版的《黄帝内经·素问》口中念念有词。

当我们气喘吁吁地爬上6楼的时候，正碰上张老师开门准备送师母下楼，看到我俩，师母说："学生来了，你就不要送我下去了，好好和人家讲课吧！柳杞儿，你妈上次从新疆给我带的羊肉还剩不少，等我回来给你俩烧当归生姜羊肉汤喝啊！你看柳杞儿瘦的。""好了，好了，人家一来你就想着吃！赶紧去吧！"张老师说着关上了房门，转头示意我们坐下继续说道，"让你们背诵的《黄帝内经》原文，你们背诵得怎么样了？《黄帝内经》是中医四大经典之首，反映了中医学的理论原则和学术思想，为中医学的发展奠定了基础。从形式看，《黄帝内经》包括《素问》和《灵枢》两部分，各十八卷、各八十一篇。其内容不仅限于医学，也与我国古代的哲学、天文、地理等学科密切相关。"张老师把一块普洱熟茶放进茶壶，冲进开水，侃侃而谈，"小柳，你说说中医的四大经典是什么？"

"《黄帝内经》《难经》《伤寒杂病论》《神农本草经》，张老师。"

"三坟五典呢？"

"伏羲、神农、黄帝之书，谓之三坟，言大道也；少昊、颛顼、高辛、唐、虞之书，谓之五典，言常道也。"

张老师听完，满意地点了点头，说："对于中医药的经典著作，理解的前提是背诵，不说对中药功效、性味归经以及方剂组成功效的掌握，高明的医生在临证时对《黄帝内经》《金匮要略》《伤寒论》《神农本草经》，甚至《温病条辨》《瘟疫论》等基本也能做到信手拈来。这些其实都是他们在年轻时候就打下了基础。等到年纪大了，读书虽然容易理解，但却难以牢记了。《礼记》有云'医不三世，不服其药'，就是这个道理。"

我们不解地望着张老师，心想："看来我们这辈子当不成好医生了，只能寄希望于孙子那一辈了。"刚想开口，就听见张老师继续说道："'医不三世'虽有医生没有经过父子三代相承，不可服食其药的说法，但我更倾向于另一种解释，即'三世'指的是《黄帝内经》《神农本草经》《素女脉决》三本经典著作,精通这三本书是古代做医生的一个基本条件,不通'三世'者就不能贸然服用他开的药。当然,现在的要求就更高了,最新进展要掌握,但熟练背诵中医经典著作,博采众家之长,灵活运用这个总体要求是一致的。中医学本身是一门很复杂的学科,对医生的要求也很全面,如《本草纲目·十剂》中提出'欲为医者,上知天文,下知地理,中知人事,三者俱明,然后可以语人之疾病。不然,则如无目夜游,无足登涉'。青桐,你来背诵一下《素问·四气调神大论篇》。"

我想张老师真是偏心,提问柳杞儿的问题这么简单,提问我的就是长篇大论。不过好在我准备比较充分,还和袁浩天深入探讨过,心下暗自高兴,想着终于可以在柳杞儿面前显摆一下了。我抑扬顿挫地背诵完《素问·四气调神大论》中的洋洋近千言,张老师满意地点着头,柳杞儿赞赏而不无妒忌的目光更让我如饮甘饴。

接着张老师就让柳杞儿继续背诵《素问·太阴阳明论》,柳杞儿才背诵了开头几句就背不下去了。张老师转头问我:"青桐,你会不会背?"我一愣,其实我是会背的,但此刻我能如实说吗?肯定不能。"张老师,这个我也不会,我和柳杞儿的进度是一致的。"

"你们俩今天都没有按时完成任务,不过念是初犯,暂时记下。"张老师说着便掀开窗前盖着的古筝,对着窗外的绿树和鸟鸣弹奏起来,边弹边讲解着中医四时养生和防病之道。我老听袁浩天在宿舍用他的破单放机放这个音乐,知道是《春江花月夜》,估计柳杞儿不知道这个曲名吧,就没敢多嘴。张老师弹完这首曲子,说:"柳杞儿,你来。"我诧异地看着柳杞儿,只见她从容地坐在古筝前,侧了一下脑袋,《渔舟唱晚》的优美旋律缓缓流进了我的心扉。

在柳杞儿的音乐声中，张老师端起茶细细地喝了一口，缓缓地说："茶者，南方之嘉木也。……其名，一曰茶，二曰槚，三曰蔎，四曰茗，五曰荈。……叶卷上，叶舒次。……茶之为用，味至寒，为饮，最宜精行俭德之人。"我约略知道张老师所说的可能是陆羽《茶经》中的内容，但是却连一句完整的话也想不起来，就听张老师继续说道，"《尔雅·释木篇》中说：'槚，苦茶。《释文》茶，茗之类。《注》树小如栀子，冬生叶，可煮作羹饮。今呼早采者为茶，晚取者为茗。'茶曾被写入多部中药学著作中，如《本草原始》《得配本草》《本草备要》等，认为其具有祛痰热、除烦热、清头目，下气消食等功效。陈藏器在其《本草拾遗》中曾说'诸药为各病之药，茶为万病之药'，茶在中医也是一味良药，《本草纲目拾遗》曾这样描述普洱茶：'普洱茶膏黑如漆，醒酒第一。绿色者更佳，消食化痰，清胃生津，功力尤大也。'常见的中药复方有川芎茶调散等。以后我们会定期对一些中医学问题进行深入的讲解，在讲解之前我会告诉你们先看哪方面的内容。我很欣赏宋代杜耒在其《寒夜》中所描述的'寒夜客来茶当酒，竹炉汤沸火初红'之意境，以后你们每次来，我也给你们沏茶，边饮茶边聊我们博大精深的中医药学。"

张老师说完，递给我们每人一张图书目录，里面分列熟读和背诵两栏。背诵一栏列着《素问》《灵枢》《难经》《伤寒论》《金匮要略》《神农本草经》《汤头歌诀》《药性赋》《濒湖脉学》《温病条辨》《温热经纬》等近30种；熟读一栏列着《脉经》《伤寒论浅注》《金匮浅注》《医学实在易》《医宗必读》《医学从众录》《本草备要》《千金要方》《外台秘要》《医学三字经》《本经逢原》《本经疏证》《本草思辨录》《寓意草》《临证指南医案》《名医类案》《医学衷中参西录》《傅青主女科》等近30种。同时还让我们仔细阅读《矛盾论》《实践论》等著作。书目的下面一栏有张老师手抄的读书方法："读医书，还要边读边记，勤于积累。积累的形式则宜灵活。比如说，可以结合自己研究方向相近的一个或几个方面的专题摘要积累，读书时留意于此，随时摘抄记录，并部别类居，主要的加以标志，散漫的贯以条理，怀疑的打上问号，领悟的作出分析，大胆地附以己见。日积月累，对日后的研究工作是会有好处的。——岳美中。"

第八章

似牵衣待话

【正单衣试酒,怅客里光阴虚掷。愿春暂留,春归如过翼,一去无迹。为问花何在?夜来风雨,葬楚宫倾国。钗钿堕处遗香泽。乱点桃蹊,轻翻柳陌,多情为谁追惜?但蜂媒蝶使,时叩窗槅。东园岑寂,渐蒙笼暗碧。静绕珍丛底,成叹息。长条故惹行客。似牵衣待话,别情无极。残英小,强簪巾帻;终不似、一朵钗头颤袅,向人欹侧。漂流处,莫趁潮汐。恐断红尚有相思字,何由见得。(宋·周邦彦《六丑·蔷薇谢后作》)】

说着就到了壬午年的小满前两天，在之前的电话里青译告诉我邮寄包裹的事情，并让我务必在小满这天去取，终于在这天收到了包裹通知单。装好通知单，就想先到图书馆背诵一会儿《伤寒论》和《金匮要略》。路过奭园时，看到袁浩天一个人坐在那儿发呆。

"浩天？"我走过去，坐在石桌的对面。

"没事，一个人静一静，心里很乱。"

"那你坐吧，我先到阅览室看会书。"

"晚上陪我一起走走吧。"袁浩天说这话时眼睛望着奭园的题词石。奭者，盛大意，但这个奭园的大小却不及"十步之泽"。

晚上，我们来到教学楼前练太极拳的榕树下，人虽然不少，但却没见徐苇丛，袁浩天今晚对他人的太极指导似乎也没有之前那样认真，我就知道这事肯定和徐苇丛有关了，别的事情袁浩天自有自己的解决之道。比如每次上《中医基础理论》或者《医古文》课，袁浩天便抱着影印本线装中医古籍看，刚毕业的年轻老师提问，袁浩天便引经据典，侃侃而谈，只见老师颔首频频，我们却如云里雾里。袁浩天自打他爷爷那辈起，就悬壶胶南，他小学时就对历代中医著作的名录及其作者不陌生，从初中就开始关注这些著作正文前面的序言，还曾经专门找了一个笔记本来抄录，到了高中还将其中的部分篇目以学文言文的心态来背诵。

练完太极，我们在师生服务部拿了两瓶啤酒和一些花生米，坐在学校西医部门口的草坪上。今晚的月亮很圆，里面的图案和纹络显得格外清晰，晚风吹过来也觉得很柔和。袁浩天对着瓶子一口喝下了一大截。"怎么了浩天，是不是你和徐苇丛？"我小心地试探着。袁浩天点了点头，便和我讲起了徐苇丛和他的故事。

第八章 似牵衣待话

若单从徐苇丛找男朋友的角度讲，袁浩天可谓空谷幽兰。一则袁浩天体形高大魁梧帅气；二则袁浩天自小深谙"医所以贵专门，方所以贵经验"的道理，术业有专攻，颇具德行才情；三则袁浩天精通书法，写得一笔好字，以后培养孩子书法没有问题；四则袁浩天打着一手好太极，有益身心健康，如有研究表明，长期坚持打太极可延缓轻度认知障碍患者记忆下降和认知衰退，并可有效改善帕金森病患者运动症状。所以徐苇丛对袁浩天的感情慢慢地由敬仰而崇拜进而喜爱，接着就不"喜"了，单剩下一个"爱"字，事情就变得复杂了。

晚上找袁浩天指点太极拳的人一直不少，我也算是其中的一个，我加入学校武术协会还是袁浩天介绍的。那晚，月黑风高，远远地看见路灯下的那团光里，闪过一个短小精悍的人，袁浩天便迎了上去。原来他就是武协段主席，今年大五。袁浩天说："段主席，这个人和我同班，想加入武协！"武协主席并不正眼看我，很熟练地摆出一个太极的把式，说："好，我看这人还可以，先交十五块钱会费和一张一寸照片。明天晚上我把证件拿来。"我一听，赶紧交会费备案，但一直到我毕业也没有拿到我的武协会员证。袁浩天说我从交照片的那天起就是武协的了，论资历该叫他师兄，因为校武协已经备案。以前，每次我和袁浩天下楼练太极，不一会儿就能见到徐苇丛从图书馆方向走来，手里不是给袁浩天带着可乐就是牛奶。只要她一到，袁浩天就成了她的私人教练，称呼也由袁浩天转为浩天哥，对此袁浩天一概默许。我对袁浩天说："浩天，这丫头对你有意思哎，你看那称呼改得多快多亲切！"袁浩天笑笑，不置可否。

在袁浩天面前，徐苇丛是活泼且肢体僵硬的。一个很简单的动作也要问上两三遍，而且每次一定要跑到袁浩天正前方，看着袁浩天的眼睛问。袁浩天刚开始由于紧张,那话说得就很有点颤巍巍的,徐苇丛一个问题就可以纠缠他半个晚上。于是刚开始,徐苇丛一个晚上就只有一个问题请教。等到后来,袁浩天渐渐适应了,一个晚上可以回答三个问题了,徐苇丛的问题就增加到了三个。而且有时很倔强地拉着袁浩天手把手教她,从静态姿势到动态弧度。

按袁浩天对徐苇丛的讲法,太极是一门很深奥的武学,"是故《易》有太极,是生两仪,两仪生四象,四象生八卦,八卦定吉凶,吉凶生大业"。结合呼吸吐纳、导引行气之术,可达到内练一股气、外练筋骨皮的目的。其至高境界则是"炼精化气,炼气化神,炼神还虚,炼虚合道"。太极一贯主张以静制动,看似很柔的一招,其实需要全身各部分的参与。比如太极的入门动作画圈,看似只有一只手在比画,实则提肩、悬腕、沉肘三点合一,肩连肘动,肘带腕旋,而此时颈部、腰部、臀部都随着手的转动而做着有规律的圆周运动,所以一些初学者自觉哪一招练得十分到位了,一经行家里手指出,才发现并未掌握太极的精髓。袁浩天边说着边比画着,一会儿扭扭屁股,一会儿转转腰肢,徐苇丛的目光就在袁浩天的全身上下不停游移,同时眼中不停地释放着崇拜,直到过了有两个月袁浩天才逐渐适应这种热烈的目光。

有时他俩练完太极拳就直接走了,剩下我一个人练也不是,和他们一块走也不是。虽说有一段时间我们学校校园的夜晚因路灯间距过大问题显得很朦胧——但我也不能因此就去给他们当灯泡吧?可以说徐苇丛的出现频次和我太极的精进程度呈负相关,譬如虽说我是练过两年太极的,可是一出手,还是有人问我在哪学的猴拳!

更有些时候,徐苇丛学完几式太极后就要在袁浩天面前演练一番,这时徐苇丛就故意将招式练得破绽百出,袁浩天便伸手过去捏捏那些大约不算敏感的部位，说这里应该放松云云，还面对面的做起示范动作，可谓"匪面命之，言提其耳"。每每这个时候，我都知趣地坐在最远的那个石桌边，边喝着徐苇丛给袁浩天带的饮料，边静静地看着这对才子佳人。有时晚上他们还会去学校一餐上面的会堂看电影，像什么《庐山恋》《牧马人》《罗马假日》等等，总之只要有经典的爱情电影，袁浩天就必定会收到电影票。

"记得昨晚，"袁浩天一口气喝干半瓶啤酒，顺手从我包里抓了一把花生米说，"我们大家像往常一样练完太极，徐苇丛说一起出去走走吧。说完便拉着我出了校门朝师范大学走去，路过水师东路的时候看到一个美甲店，她硬把我拉进去，陪着她染指甲，染就染呗，可是她只染了九个，非要把最后一个染在我的食指上，还说什么食指连心。你看看，这像什么样子，你没见今天我都没写字吗？"袁浩天说着伸出手指让我看，我以为他又错把我的花生米包当成他的了，下意识地一把抓了起来，然后才仔细看了一眼袁浩天指甲上染得红红的一颗心。

进了师大，徐苇丛就在一个木条凳上坐了下来，抬头看着袁浩天说："学长，快来坐。"袁浩天就在凳子的一头坐了下来，徐苇丛朝袁浩天这边挨了挨。昨晚的月亮感觉比今晚还亮堂，月光照在徐苇丛光洁的脸上，长长的睫毛似挂了几滴初夏的露水，忽闪忽闪的，让人怦然心动。已经凌晨一点了，师大的校园已经没有了行人的喧闹，只有几盏慵懒的路灯躲在黄绿色的树叶背后。

徐苇丛扭头看着袁浩天，深情地说："浩天哥，晚上好冷啊！"袁浩天也深情地看了一眼徐苇丛，徐苇丛穿了一件薄薄的白色T恤和牛仔裤，脚上穿着一双帆布鞋。现在这么晚了，回宿舍已经不可能，但露天一晚上肯定是要受凉的。袁浩天想到这里，脱口而出："苇丛，我们开房去吧？"

徐苇丛听完这句没有任何铺垫的话语，吃惊地望着袁浩天，半天没有说出话来。估计她所理解的开房和袁浩天想的不一样，袁浩天所说的开房就像坐在师大的长条凳上，不过在长条凳的四周加了一层墙而已。但徐苇丛理解的可能就不一样了，徐苇丛理解的"开房"可能就更复杂一些。人的思维有些时候很奇妙，越是对自己认定完美无瑕的东西，越是不能容忍且会放大它的哪怕一点点的缺点。"你，你这样想，在你眼里我就是这么随便的人吗？"徐苇丛说完就蜷缩在条凳上，不说话了，徐苇丛很生气在她奉若神明的人心里她是这样的定位。袁浩天原本就木讷，看到徐苇丛这个样子就更加不知所措了，翻来倒去就是这么一句话："苇丛，我，不是那意思。"徐苇丛就更以为他心虚了，尽管后来接受了袁浩天给她披上的外套，一起坐到了师范大学通宵教室的最后一排。可天亮时，徐苇丛站起来一把把衣服摔到袁浩天的怀里，说了一句："袁浩天，你这样看人家，以后再不理你了！"说完扭头走了。今天上午我托人告诉过她乐之老师中午要到学校来亲自指点大家的太极，也没见她来。我问了她班里的一个同学，说她今天一上午都没去上课，好像感冒了。袁浩天说着闭了一下眼睛，两颗晶亮的泪珠在眼眶里闪烁了好一会儿终于被压碎溢了出来。

我突然想起袁浩天中午利用餐厅自助小火锅的电磁炉煎中药，并用一个汤匙小心翼翼地尝药的情形。我当时还和他开玩笑地说："《礼记》有云'君有疾，饮药，臣先尝之；亲有疾，饮药，子先尝之'，你是替谁尝药啊？"现在想来估计是徐苇丛了，于是问道："中午是给她煎的药？"

"是啊，我详细询问了她同学，说她发热头疼、无汗、舌苔白腻、脉浮，估计是昨晚上乘凉饮冷，外感风寒，内伤于湿所致。古曰'香薷乃夏月解表之药'，所以我便给她开了香薷散以祛暑解表、化湿和中。"

我心里知道，我想袁浩天心里也明白，这样的关怀是必要的，但并非徐苄丛想以这种关系从袁浩天那里得到的。对徐苄丛来说，也许袁浩天某一句话的"药效"要远好于这碗中药。《银海指南·郁病论》有言："妙药难医心上病。"我想袁浩天不可能不知道。那晚徐苄丛的表现也并不完全是因为当时的那点事情，用中医思维分析是"伏邪"在先，"新感"在后，"新感"诱发"伏邪"，同时为患，用清代医家吴鞠通在《温病条辨》中的话讲，即"内外相合，客邪既从表入，而伏邪又从内发也"。熟读中医经典的袁浩天不应该不懂，于是拿起瓶子和袁浩天用力地碰了一下。在瓶颈碰撞的瞬间，好像有光在我眼前一闪。想起余光中诗中的一句话，"酒入豪肠，七分酿成了月光，余下的三分啸成剑气"，我抬起头，好寒好冷的一个月亮啊！

回到宿舍，袁浩天用啤酒狠狠地洗了一会儿那个指甲，说来也怪，洗后的心形图案好像比洗之前越发鲜艳了，难道这预示着袁浩天的爱情历久弥新？

第九章

一生惆怅为伊多

【依依脉脉两如何,细似轻丝渺似波。月不长圆花易落,一生惆怅为伊多。(唐·吴融《情》)】

上次青译送我一个她自己用毛线织成的坐垫,让我在冬季里感到切实的温暖。这次又邮寄的什么呢?为什么非让我在小满这天去取?我脑中闪着关于小满这个节气的一些记忆,"《伤寒杂病论》说'初气始于大寒,二气始于春分,三气始于小满',主气是少阳相火,客气是厥阴风木,属风属火……农谚又说'小满不满,芒种不管'……"正想着,就到了邮局,拿了邮包回到宿舍我还是没有想明白,正在这时电话铃响了,是青译。

"青桐哥,邮局包裹拿回来拆开了吗?"

"刚拿回来,现在就拆开。"说着我把电话夹在脖子上,原来是一瓶漂亮的幸运星,我晃了晃,里面有巧克力还有风干的玫瑰花,"非常喜欢,青译。"这时我发现邮包里还有一个彩色的信封,硬硬的不知道装着什么,用手一摸,好像是照片。我拿出来,看到正面工整地从右到左竖着写了四行小字:"自君之出矣,不复理残机。思君如满月,夜夜减清辉。"

诗是我以前见过的,没想到经青译这么一用,这首历经千年的古诗竟陡然间鲜活了起来。信封里面装着的果真是表示童真、清纯和成熟三种造型的三张照片。

我握着话筒,一时竟无语凝噎。

"怎么不说话了,青桐哥,不喜欢吗?"

"不,不,是激动了,不知该说些什么。"

"只有激动吗?"

"当然不是,我知道这礼物里面包含了太多的感情。青译,我爱你!"

"青桐哥,叠完这 521 颗幸运星,我数了三遍,又让室友帮我数了一遍。你数数对吧?"

"什么,这些幸运星都是你一颗一颗叠的?"我拉开瓶盖,把幸运星倒在床上,才数清是十一块巧克力和两朵风干的玫瑰花,"叠这么多,要花多长时间啊?"

"知道你的生日快到了,不能亲自给你过,就想着给你一份惊喜。还没开学的时候我就在家里叠上了,在学校时,每天晚上熄灯前我只能叠五个,叠完我就装在床头的小瓶里,这个小瓶在我床头陪我度过了三个多月呢!"

我知道青译并不是在邀功,她只是在平静地叙说着一件事。三个多月,每天五个的速度,用心虔诚地折叠,这521颗幸运星里该叠进了多少等待,多少相思,多少感情。直到电信公司提醒还有最后一分钟时,我们才依依不舍地话别,说些让人耳热心跳的话,直到话筒里突然声音全无,才意犹未尽地挂上电话。几多惆怅,几多幸福涌上心头。

下午五点多钟,袁浩天一个人回来了。

"他们呢?"我知道今天袁浩天又要练字了,赶忙过去帮他收拾了桌子。

"唉!"袁浩天从床底取出垫毡,铺上,拿出纸笔,才接着说道,"柏望春失恋了,他们正在劝他呢!"

"不是好好的吗,怎么会失恋呢?"

"谁知道呢,夫上善若水,下愚如火。故六欲七情,上善远之,而下愚迁之。"

看来袁浩天不想多谈,我也就住了嘴,转移了话题,"浩天,给我写几个字吧!"

"行啊,什么字?"袁浩天说着拿笔的那只手悬在了空中,在等着我说题字的内容,他好下笔。

"李白的《子夜四时歌·冬歌》。"对袁浩天来说,唐诗宋词一般只需给他说个题目和作者,其他无需赘言。袁浩天目测完纸张大小,似乎就确定了字体的大小及间距。酝酿10秒钟后挥笔写下:"明朝驿使发,一夜絮征袍。素手抽针冷,那堪把剪刀。裁缝寄远道,几日到临洮?"

"好字!好字!"我赞叹了两声,低头一看,袁浩天早在上面落了款:壬午年五月,浩天学书。

"浩天,能不能帮我再写一张,我想送人,不落款的。"袁浩天听完二话没说,提笔又写了一张。我拿起袁浩天这张没有落款的题诗仔细地端详着。

"哎呀,暖瓶在一餐门口忘拿。"袁浩天打开茶缸盖,刚想倒水,发现暖瓶不在,"青桐,我下去取一下。"

"好嘞!"我高兴地答应着,真是天助我也。袁浩天走后,我从里面插上门插销,把那张字重新铺到垫毡上,拿起毛笔,学着袁浩天的样子,在左下方空白的一块写道:壬午年五月,樊青桐学书。写完,端详了一下,觉得怎么看怎么别扭,尤其那个"樊"字,差不多就成了一个黑坨坨。于是拿出小刀,裁掉我写的那行字,又拿出我的私章在上面使劲地按了两下,便折叠起来,装进信封,准备明天一早就给青译邮寄过去。

晚上九点多,醉醺醺的柏望春在众人的搀扶下走进宿舍。"我失恋了,我失恋了。她那晚和我说了那么多好听的话,原来都是在安慰我!我需要的是安慰吗?!"柏望春说着拽出那个女生的照片,放在眼前,轻轻地唤着那个女生的名字,感觉眼睛亮亮的。柏望春痛苦而艰难地把照片放到嘴边,隔空吻了一下那张笑脸。最后双手抱着那张照片沉沉地睡去,嘴角带着微笑,眼角的泪痕渐渐干了。桌上放着袁浩天给他泡的葛花茶,"葛花性味甘平,解酒毒,醒脾和胃,《本经逢原》谓其'能解酒毒'。近代有人以葛花、金银花、菊花相配,制成葛花茶,清热解毒又解酒。刚好……"袁浩天还没有说完,柏望春的鼾声已然响起,似乎是睡着了。"恨人间、情是何物,直教生死相许。天南地北双飞客,老翅几回寒暑。欢乐趣,离别苦,就中更有痴儿女。"我倒是觉得依柏望春的刻下症,他亟需一剂养心安神、和中缓急的甘麦大枣汤以治疗其忧思过度,心阴受损,肝气失和。

原来那个女孩只想和柏望春做朋友,并没有进一步发展的意思。但柏望春却"只缘身在此山中",一直以为既然送了照片,那么这个女孩就差不多是他的人了,这层窗户纸就等着他去捅破了。柏望春之所以至今不捅破这层窗户纸,是因为他觉得爱情的最初魔力就在于那个若即若离、苦苦追求、患得患失的过程,所谓"好饭不怕晚"。但就在今晚,柏望春顺利拿到计算机等级考试二级C语言合格证书,觉得时机已然成熟,于是兴高采烈地去买了一束玫瑰花。却在回来的路上看见了淑静和她们班的那个新加坡留学生手牵着手,漫步在学校制药厂前面的那条马路上。

柏望春余光瞥了一眼袁浩天和舍长,问:"现在的新加坡人怎么这么开放,普通同学也可以手拉手?"

袁浩天傻傻地说:"不对啊,望春,我怎么觉得他们在谈、谈恋爱啊?"

"不可能!"柏望春说着冲了上去,袁浩天和舍长都以为柏望春要和那个新加坡学生打架,也跟了过去,准备帮忙。

谁知柏望春走到了淑静面前，轻轻地把手搭在淑静的肩上。淑静没有说什么，紧闭了嘴唇把头转向了右边，柏望春又把手伸向了那个西装笔挺的新加坡学生，那个新加坡学生本能地后退了一步，静了一下，给我们深深地点了一下头，两个人和柏望春、雷尧、袁浩天擦肩而过。一片落叶随风而下，柏望春伸手想接住却失了手，一任它晃晃悠悠地落在自己的脚面上。我们默默地看着他们俩缓慢消失的背影，"嗖——"的一声，一束玫瑰散落在路边的垃圾桶里。后来听说在柏望春见到淑静和新加坡人牵手的时候，那个新加坡学生早已经用汉语、英语、马来语和泰米尔语四种语言向淑静表明了爱意，也不知真假，我们姑且认为这是他为了学好汉语言而采取的讨好性措施吧！

　　第二天柏望春请假回家。六天后回来时已恢复原来的爱说爱闹，只是门上被柏望春拳头砸凹的一个洞，还有柏望春枕头上的泪痕依稀记录着那个伤心而无奈的夜晚。后来袁浩天专为柏望春手书了一首偈子，柏望春拿去裱了，贴在床头，每晚观摩，以修心性。偈曰："身是菩提树，心如明镜台；时时勤拂拭，莫使有尘埃。"

第十章

竹炉汤沸火初红

【寒夜客来茶当酒,竹炉汤沸火初红。寻常一样窗前月,才有梅花便不同。(宋·杜耒《寒夜》)】

"由于大家在课堂上都学了很多中医学的基础知识，而且也在按部就班地读中医学的经典著作，所以我们这次及以后所讲的内容也就不是那些书本上有的、基础的东西，而主要是那些没有写进教材的近现代优秀中医药大家的临床经验和学术思想，当然其中也穿插了一些我个人的思考和可能启迪你们思考的话题。今天我们就从中医学经典著作《黄帝内经·素问》中的一句话谈起，我们用通俗的话来探讨一下中西医学治病的异同问题。

这句话就是《素问·四气调神大论》中的一句比较出名的句子，叫'圣人不治已病治未病，不治已乱治未乱，此之谓也。夫病已成而后药之，乱已成而后治之，譬犹渴而穿井，斗而铸锥，不亦晚乎！'这似乎是每篇谈中医治未病的文章都会提到的一句话，而且它也被看作是中医治未病的开端。但我想说的是另一个问题，关于中医学和现代医学差别的问题。

在学习《中国医学史》的时候，你们会发现在现代医学和中医学没有碰撞交流之前，中医学和现代医学在不同理论的指导下从事着各自不同的医疗实践活动，形成了中医学的哲学 - 思辨 - 医学模式，现代医学的自然科学 - 实证 - 医学模式，在不同模式的指导下，中西医学诊疗疾病的出发点和手段方法也是各自有着自己的原则和方法。

打个形象的比喻，就像刚才《素问·四气调神大论》里所说的渴了首先想到的是穿井，而不是运水一样，目前中医治病首先想到的也是'穿井'，是通过调节人体自身机体的功能以抵御'邪毒'，或驱逐'邪毒'，解决根本问题——也就是人体正气的问题。'井'穿好了，也就是所谓'正气存内，邪不可干'，自然可以泉源不竭，长久受用，抵御各种外来之邪。同时由于机体被调节后处于无序的平衡或有序的紊乱状态，内生之邪也因此失去了滋生的土壤，这和中国传统的自力更生的观点是一致的。现代医学则不然，其首先想到的是'运水'，是借助'工具'，通过外源性作用以杀死细菌或病毒，解决眼前问题——也就是外来'邪气'的问题，'运水'属于拿来主义，较之'穿井'自然快捷。

其实一些常见病，就像'小火'，几桶水也就浇熄了，所以现代医学在这方面优势独到；但是，对于一些疑难性、复杂性疾病来说就不是这么简单了，现代医学的单靶点用药往往会显得杯水车薪，按下葫芦浮起瓢；这个时候，最好的手段则是就近'穿井'。而且，一种疾病病情的轻重决定了'穿井'地点含水层的深浅和运水距离的远近，病情愈重，含水层愈深，运水距离愈远，反之亦然。

中医学看重人体正气，人体正气则一；现代医学看重外来（或内生）邪气，外来（或内生）邪气则万变。中医学在诊疗疾病的时候看重的是这个'一'，即人体，而不是这个'万'；现代医学在治病的时候更看重的却是这个'万'，即病因。所以这就决定了中医学用药较之现代医学用药种类和方法的相对稳定性，而不会像现代医学那样出现一种细菌或病毒，立即开始研制新的有针对性的药物。由于中医学治病和现代医学治病所取角度的不同，决定了一些现代医学所采取的体外抑菌、抗炎试验等药理学方法与中医学在某些方面的不可通约性，也即体外试验也许无效的药物放在人体可能有很好的疗效。但是也正是这种相对的稳定性和临床前实验的不明确性，导致了一段时间以来，中医学在科学技术迅速发展的背景下处于一种被动的尴尬局面，显得继承有余，发展不足。

其实，对于机体来说，正气和邪气是对立统一的两个方面，就像是太极图中的黑白两翼，此消彼长，此长彼消。如果中医学看重的是如何培养那个白翼的话，那么现代医学则是想如何减少那个黑翼，最终目的是达到一个平衡或有序的状态。以慢性阻塞性肺疾病为例，针对部分类型的稳定期患者，现代医学给予长期吸入激素等治疗以减少复发，延长稳定期时间；中医学也需要长期用药以巩固正气，防止复发。表面上看治法是一样的，都需要长期用药，但是其实际用意却同中有异。现代医学所有这一切是一个不断'运水'的过程，而中医却是一个'穿井'的过程。现代医学主要针对的是这个气道慢性炎症过程，而中医学则着眼肺、脾、肾等脏器的调节，同时兼顾化痰与活血治疗，达到所谓'养正积自除'。

"由此可以看出，中医学从源流上就有着与现代医学不尽相同的方法论和技术手段，它们所看重的方面有所不同，有些就算是看似相同的治则治法其内在旨趣也相差较大。这固然可以导致中西医学在某阶段的平行发展和某些争论，但无疑也是中医学和现代医学结合的一个切入点，只不过任重而道远。"

"你们未来都是要当医生的人，所以首先我就要和大家一起来聊聊这个医者和患者的问题。作为医者，做派要正，研精覃思。自古至今，医者无不强调'医道'的重要性，甚至认为'医道'要放到'医术'的前面，如赵献可在《医贯·伤饮食论》中称'夫有医术，有医道。术可暂行一时，道则流芳千古'。而如何彰显医道呢？《小儿卫生总微论方》曰'凡为医道，必先正己，然后正物。正己者，谓明理以尽数也；正物者，谓能用药以对病也'。清代医家徐灵胎也认为'况医之为道，全在自考，如服我之药，而病情不减，或反增重，则必深自痛惩，广求必效之法而后已'，明确指出医者修身养性的重要性。其次，要强调医术精湛的重要性。清代医家俞震认为'善医者,法门广大无边;不善医者,小心与大胆均误也',这个理念与近来提出的循证医学理念不谋而合,即'看方犹看律,用药如用兵,机无轻发,学贵专精',临床疗效才是医生自身水平的最佳体现。如何提高临床疗效？明代医家刘纯指出'盖不明经,则无以知天地造化之蕴。不别脉,则无以察病邪之所在,气血之虚实。不识证,则不能必其病之主名以疗之。不处方,则不能克其必效'。故应从明经、别脉、识证、处方四个方面出发,掌握足够的医学知识。否则就可能出现如《伤寒括要》序所载的'夫不通群儒之典籍,不窥《灵枢》之渊源,不究《本草》之情性,不明脏腑之根株,不测阴阳之消息,不察运气之精微,不晰十二经八脉之条贯,不精举按,不详脉证,开口已非,举手便错,凡病皆然,而况伤寒乎？'

当今,作为中医医师要在认真学习中华传统文化的基础上研读中医经典,即'欲治方术活人者,须先精研六经子史,然后参究《素问》《灵枢》家言',培养中医原创思维,不断提升辨证分析的能力。在管理住院病人的时候,面对各种现代医学的检查检验结果,要学会在中医学整体观和辨证论治的指导下,将这些赋予中医学'辨证要素'的意义,将中医学理论与现代医学的临床实践结合,以便提供更多诊疗依据。同时在诊断和疗效评价中要有意引入现代医学客观化的指标体系,以防止失治误治。在疗效评价时适当引入现代医学通用的客观指标作为补充,中西医互补,避免因患者'自体感'与医者'他体感'的差异而引起对疾病诊断和治疗的误判,贻误病情。

我们在传承的同时也要与时俱进,将现代科学技术融入中医药,将传统中医药文化融入医学生人文素质的培养中。而且要考虑不同知识储备患者群体对中医学的不同态度，如国学文化根基深厚的人，对中医有深刻的理解，会竭力主张保持中医传统，全面继承发扬；而具有现代科学文化背景，又对中医有相当理解的人，会主张建立现代中医；还有一部分人，具有现代科学文化背景，但对传统中医基本不理解或缺乏全面的认识，会自觉或不自觉地看轻中医。当然，对于患者来说，更重要的是其是否曾经接受过有效的中医治疗，或其身边亲人及社会舆论对中医的态度。所以首先要宣传中医药文化，营造良好的中医氛围；其次要主动将传统中医药文化融进大众人文素养的培养中；再次，传统医学与现代医学理论体系有别，其诊断疾病的方法、防病治病的理念亦有所不同，有必要对中医学是如何诊疗疾病的进行必要的科学普及。同时必须明确，患者最关注的是疗效和安全性，这是我们促进不同医学体系结合甚至融合为一体的始动因素。

其实，今天部分所谓的现代中医学，已经融进了现代医学的思想和方法。中西医结合治疗病证时，若西药和中药同时服用，西药对症治疗起效迅速，可能患者的症状很快就会消失，其内在的生理病理状态也会发生相应的改变。也就是说对于有些病证，可能几天后中医辨证论治的宏观依据消失了，也可能改变了疾病的中医'病机'，那么中医在这个疾病的治疗中到底起了什么作用，如果单用现代医学治疗对病证有什么影响，治疗前后的中医证候演变规律是什么，到底现代医学的治疗改变了哪些中医'病机'，现代医学治疗可以作为中医辨证论治的哪部分功效体现等，又比如随着现代医学对疾病研究的深入，发现同一疾病在临床表现、病理生理学表现、影像学表现、疾病进展、治疗后的反应及预后方面存在着明显的差异性，也即疾病的异质性逐渐引起医学界的关注。中医的辨证分型研究在某种程度上来说也是对疾病异质性的一种分类，那么提倡循证医学的现代医学为什么放着疾病现成的分类——中医证型不用，却耗费大量精力去研究探寻疾病的表型？现代医学的表型和中医学的证型异同几何？能否优势互补进行结合？这些都是当今医者应该深入考虑的问题。当然，还有两个问题需要指出，即医者在遇到棘手的临床问题和患者的特殊诉求的时候，是不是会坚持中医传统疗法，而不诉诸中西医结合？其二，患者所具有的现代医学（或现代自然科学）知识是否允许医者以中医学传统疗法来治疗和评价疾病的转归，即无论中医师如何强调中医的特色和依据四诊变化的疗效体现形式，但接受过现代生命科学理念的患者依然会关注其各项客观指标的变化，这个并不以医者的意志为转移。所以，如何实现传统中医学和现代医学统一是当下必须面对的问题之一。

中医学主张自然，期望将病证相关信息的采集完成于医患的互动之中。如仔细观察，不难发现现代医学对患者的'暗示'或者是安慰剂效应比中医学大得多。比如用体温计测量体温、拍摄胸片和CT、抽血化验、二便常规检查等等，患者内心笃信并认可现代医学所要进行的诊断和治疗。但在中医学诊断中，除了切脉，患者能感受到是确定无疑的诊断外，也许患者并不知道在问诊过程中医生已经完成了全身望诊和局部望诊，也不知道中医师完成了听声音、闻气味的'闻诊'，更没有感觉到医患谈话中'问诊'的逻辑和流程。相反，如果除掉切诊这个动作，部分心急的患者会觉得你和他在'闲聊'，甚至是在浪费时间。其实，在问诊过程中，医生和患者呈现出一种知识不对称现象，即患者可能仅仅意识到他所表达的感受，而对于医生来说，不仅认识到症状本身，还辨识出患者所倾诉的主观症状背后的病因、病机和治则治法，这是由医生的专业素养所决定的。这种知识的不对称，一方面，对于疾病本身非常重要,有利于疾病的全面诊疗和鉴别;另一方面却在某种程度成为医患和谐关系构建的一个障碍,即当患者在倾诉自己病痛的时候,他必定期待医生认真对待自己的主诉,若医生只根据自己的医学知识判断患者的病情,而没有给予患者充分的解释,可能会导致患者由于不理解医生的做法而表现出某种程度的不配合。当然,医生也不能为迎合患者对疾病的认知而轻易改变自己的治诊策略。所以,中医学也必须增加一些让患者一眼就看明白、必要的'诊断'过程,而这个过程既不能增加医者及患者负担,又必须在更高的水平上推进医生和患者的互动,让患者参与医疗决策的制定与实施。如何将中医学更好地融入现代社会,如何营造良好的中医药氛围并让患者真正感知中医学的存在是至关重要的。从某种意义上讲,中医临床能力的培养包含两方面的内容:一是培养医生感知患者的能力,即从患者的角度出发去了解、认识和感知病痛,即清代嵇璜所谓'有病者思而后得之者';二是将这些感知综合归纳为某种特定的'证',并从医学专业的角度对这些患者进行治疗。当然,在辨证治疗的过程中体现了医生的水平、医疗的现状并融合了患者的价值取向。"

第十一章

纤手破新橙

【并刀如水,吴盐胜雪,纤手破新橙。锦幄初温,兽烟不断,相对坐调笙。

低声问:向谁行宿?城上已三更。马滑霜浓,不如休去,直是少人行。(宋·周邦彦《少年游》)】

最近我们学校最引人瞩目的变化，就是一幢十九层的综合大楼拔地而起，代替了原来幽深茂密的"百草园"，自此再不见那经历了几十年风雨的何首乌生出的夜交藤，也不见了那粉嘟嘟的牵牛花和"龇牙咧嘴"的预知子。现在，站在千佛山上就可以看见我们学校的这个标志性建筑。就在柏望春失恋后的第四天晚上，我、柏望春、袁浩天、宋玉四个人冒着蒙蒙细雨去爬千佛山。我们一鼓作气，登上山顶的观光台，趴在汉白玉栏杆上，发现偌大的观光台除了我们四个外竟再无一人。柏望春对着南面黑暗中的山外青山、点点灯火发出一声长啸，不算太熟练地点上了一支卷烟。自从那次所谓的失恋之后，柏望春在校外的时候偶尔就会点上一支烟，大多数的时候并不抽，只是任由它在他的食指和中指之间慢慢燃尽，落下冷灰。

"给我一支。"是宋玉的声音。

"怎么了，宋玉？爱人有了，就什么都有了，你可是我们宿舍最幸福的人，天天有夏婉陪着，还有什么郁闷事？"在柏望春眼里，爱人，就是一个男人除工作、学习外的全部生活意义所在。

"一言难尽！"宋玉和柏望春一样，都不会抽烟也不打算学会抽烟，吸进嘴里的烟雾又乱七八糟地从嘴里喷了出来。宋玉用牙齿刮了刮舌头味蕾上的苦味，啐在酸枣丛中。

"说说吧。现在只有我们哥仨，又没有外人。"我转过身，斜倚着青石栏杆，"说出来心里好受些。"

宋玉一口吸掉剩下的一大截卷烟，像个烟囱一样对天喷出，说道："在你们眼中，我有了夏婉是很幸福的，可我的幸福是如人饮水，冷暖自知。"

夏婉和宋玉确立男女朋友关系的原因至今是一个谜，但恋爱关系

第十一章 纤手破新橙

的确立并不似谈婚论嫁，一般也缺少逻辑分明的理由，或者就因为一句话和一个眼神，也可能因为某一次上课二人的共同迟到或阿美和李四吵架时你过去说了句有利于阿美的公道话。但夏婉和宋玉确立了关系之后，并不总是无条件地满足宋玉，而是更喜欢宋玉陪着她散步、逛街，还有就是给她们宿舍打水。可以说自从他俩在一起，宋玉对夏婉宿舍可谓"涌泉相报"，而且涌出的都是开水。每次都是宋玉一只手提了三个暖瓶，把开水打了送到夏婉的楼下。所以她们宿舍的人都特别地喜欢宋玉，有事没事就在夏婉面前夸奖宋玉，甚至她们宿舍某个女生过生日也会请夏婉带着宋玉去。这么讲，你也许会认为宋玉掉进了蜜罐子，但其实夏婉之于宋玉可能并不算是"蜜罐子"。换句话说即使夏婉确实是，也是那种会使得宋玉因牙齿过敏而倍受折磨的"蜜罐子"，看得却亲近不得。但宋玉毕竟是男人，这个和一个人表面木讷与否、是否巧舌如簧并没有关系，所谓"食色，性也"。所以宋玉有些时候就不免要吻她，说到吻，有人总结了接吻三步法，第一步象征性地吻一下额头，第二步就是吻脸颊，第三步就是在时机成熟的时候偷偷地把嘴唇移到对方的唇上，实现自由的接吻。宋玉其实也算是幸运的，因为第一二步基本上在不知不觉中就完成了，他想要的是最后一步，在这件事上没人喜欢被限定和束缚。

但这最后一步对宋玉来讲却如蜀道之难，宋玉先是试图进行说服工作，但无奈于夏婉的伶牙俐齿，此招用了一次后就宣告失败；接着宋玉就想反正男人力气大，还是强行吧，结果弄得几天不敢喝热水！于是只剩下最后一招了，装可怜献殷勤——类似于过敏的脱敏疗法。因为我们都给宋玉说女人是最富有同情心而经不起男生"装可怜"的折磨的，于是宋玉只要和夏婉在一起的时候总是让人感觉很乖很乖。

最后连夏婉也受不了了，就问宋玉到底要怎样，宋玉委婉地说某某和某某谈恋爱比我们晚，现在已经这样那样了，你看我们都谈这么久了，连接吻都浮皮潦草，真是与我们之间深厚的感情不相匹配！说得自己差点掉下眼泪来。于是在那个晚上，根据夏婉要求，宋玉认真地刷牙两遍，又取出一杯袁浩天依文献为其调制的防治口臭三香汤——由木香10g、公丁香6g、藿香12g、粉葛根30g、白芷12g加水1000ml煎制而成，漱口十余次，才一身轻松地赶到操场和夏婉散步。

那个夜晚，连树冠中麻雀的吃语在宋玉听来都含着兴奋，每当他满怀深情地拥抱夏婉，就有一个人从他们身旁走过，而且似乎还专门回头看看他俩在干什么。晚铃声已响，还有15分钟就关宿舍门了，宋玉迫不及待地就去找夏婉的唇，夏婉也热切地回应着，突然夏婉大叫一声："宋玉，你是不是没有刷牙？"宋玉一听愣了，赶紧汇报之前的准备情况。夏婉低着头说，"你，你还是吃块口香糖吧。"所以自此过后，宋玉身上都装着两块口香糖，就像肺病科医生接诊呼吸系统疾病患者脖子上必定挂着听诊器一样。可是即便这样，夏婉每次和宋玉接吻的时候也要分出一只手捏住宋玉的嘴唇，很好地把宋玉控制在接吻的第二步后第三步前的阶段。

再后来学到《方剂学》的时候，就有了新的规矩，就是接吻要先提问方歌，会背诵3条方歌可以接吻一次，宋玉欣然答应，心想反正有234条之多。但夏婉随机提问的方子极少有麻黄汤、桂枝汤这般简单的，大活络丹、紫雪丹、泰山磐石散之类的复杂方药却常常出现。或许你对这些方剂的复杂性并无概念，那就拿大活络丹为例来说明一下。大活络丹由白花蛇、乌梢蛇、威灵仙、两头尖、草乌、天麻、全蝎、首乌、龟板、麻黄、贯众、炙甘草、羌活、官桂、藿香、乌药、黄连、熟地、大黄、木香、沉香、细辛、赤芍、没药、丁香、乳香、僵蚕、天南星、青皮、骨碎补、白蔻、安息香、黑附子、黄芩、茯苓、香附、元参、白术、防风、葛根、虎胫骨、当归、血竭、地龙、犀角、麝香、松脂、牛黄、片脑和人参等50味中药组成，是不是光要记住这些药物组成就已颇费周折？当然，还要知道目前方中虎胫骨、犀角等已经被明令禁止入药，需要寻找替代品。方中草乌有大毒，全蝎、白花蛇、天南星、附子等有毒，贯众、细辛等有小毒，必须注意用量和患者人群的特点。而且夏婉对于背诵精准性的要求极严，有一次宋玉把炮姜说成了干姜，竟也被判错误。当然，干姜、炮姜虽同出一物，均能温中散寒，但干姜偏于祛里寒，炮姜善走血分，长于温经止血。但对于初学方剂的来说确实也算有点难度了。所以，时至今日，一个学期快过了一半，宋玉因背诵方歌而获得的亲吻机会少之又少，但却因此屡获《方剂学》老师的表扬，期末考试成绩在他所有考试科目中也是遥遥领先，几近满分。

"是啊，我知道她的家庭条件不错，可是难道就因为条件不错她就有了心理问题，比如'害怕接吻综合征'，或者这类人都极为崇拜柏拉图？个个都是精神恋者？"昏黄的山路灯照出宋玉痛苦扭曲的表情。

"也许一开始，夏婉接受不了吧，女孩子的想法可能更侧重精神层面的风花雪月，这个也可能是前提。慢慢来，也许她就适应了。要不……"我想说要不我帮你去和夏婉说说，可是想想这事好像别人无法代劳，尤其是对着一个异性，你总不能说："夏婉，以后对宋玉好点，热心点！有事没事多抱抱他，还有不要排斥和他接吻。"于是只好就此打住。

柏望春转过头意味深长地说："宋玉，或者就像《中药学》老师讲的，药性本不如此，但可通过必要的炮制使之如此，比如明代陈嘉谟在其《本草蒙筌》中所谓'酒制升提，姜制发散。入盐走肾脏，仍使软坚；用醋注肝经，且资住痛'，你也可以用一些必要的'材料'对其性格和行为进行'炮制加工'啊，这个'材料'可能就是包包啊、电影啊，还有你的殷勤与装可怜。或者，你就先找机会……"

我扭头看见柏望春脸上的坏笑，知道他已经酝酿好了细节内容的表述，刚想打断他，这时就听见袁浩天在一个角落里淡淡地说："《灵枢·本神》中谓'故生之来谓之精，两精相搏谓之神，随神往来者谓之魂，并精而出入者谓之魄，所以任物者谓之心，心有所忆谓之意，意之所存谓之志，因志而存变谓之思，因思而远慕谓之虑，因虑而处物谓之智'。你是精、神有余，魄力不足；思、虑过度，智力有待进一步提升。"

我们转头无声地看着袁浩天，空旷的山谷中回荡着宋玉的声音，听起来像一只狼受伤后的哀号！猛然，"明月楼高休独倚，酒入愁肠，化作相思泪"这句话涌上我的心头。

第十二章

言入黄花川

【言入黄花川,每逐青溪水。随山将万转,趣途无百里。声喧乱石中,色静深松里。漾漾泛菱荇,澄澄映葭苇。我心素已闲,清川澹如此。请留盘石上,垂钓将已矣。(唐·王维《青溪》)】

我们学校共有在校生数千人，只在图书馆的三楼开了一间能容纳一百二十人的电子阅览室，白天严格按学校的作息制度，晚上的开门时间是18:00到22:00。由于粥少僧多，每天下午五点半之前想上网的同学就在阅览室门口排成浩浩荡荡的两路纵队，楼道不是足够的长，于是楼梯上面也站满了人，远远望去，蔚为壮观。阅览室里干什么的都有，除了练习计算机二级考试、学习各种实用软件、阅读文献外，女生大多是挂着QQ升级，阅览室初开的那段时间管理并不规范，也有极少部分男生在玩CS或传奇，还有的在偷偷摸摸看一些女明星的写真照片。我们那段时间也偷偷玩过CS，饿了就到二餐去吃炸串，至今我仍然很怀念和柏望春一起端了可乐坐在操场边吃炸串边看来往女生的时光。

不过今天我和宋玉来阅览室可既不为C语言也不为CS，他想在网上给自己找一个本校学习背景的女生来了解她们的精神世界——有些时候你身边的人在真实世界所表现出来的状态还不如他们在虚拟空间真实，并且可以练习如何与济水中医药大学的女生相处。一圈下来，宋玉便把目标锁定为32号机主，于是对我使了个眼色。我径直朝33号机子走去，按了两下电脑机箱上的重启键。"咦，同学，这个机子怎么启动不了？"女孩并没有看我，弯腰就去帮忙按机箱上的电源键，我迅速瞥了一眼她QQ号，就离开了这个有故障的33号电脑。

我来到宋玉身旁，赶紧把默记的那串号码输进他早已打开的新建空白文档中。宋玉看完，刚想酝酿如何写好友申请说明，却发现那女生已经开始关电脑，在距离门口一步之遥的地方熟练地取下了脚上蓝色的鞋套走了出去。宋玉无声地叹了一口气，"不加了，走，喝酒去！"宋玉说的喝酒其实是去吃羊肉串，宋玉和我解释说"走，喝酒去！"

第十二章 言入黄花川

四个字简短有力,更能突显男人魅力。

水师东路最近新开了一家单县羊肉汤馆,可免费加汤,斜对过就是一家莱芜烧饼店。为了防止"中间商"加价,我们每次去喝羊肉汤,都是一人去买烧饼,一人占座要羊肉汤。我和柏望春一起去羊肉汤馆的次数最多,柏望春每次都喜欢在老板面前秀他的济南话,套套近乎,以便在盛汤时能多给他一块半块的羊肉。可无奈老板是日照人,每次都不如愿。既然肉要不来,那免费的汤可要多喝了。所以每次我和柏望春去,总要加上两三次汤,实在撑得喝不下了才结账走人。可惜柏望春最近得了阑尾炎,刚在医院做了手术。

柏望春做手术,我们自然得去看他,但在带什么礼物上大家却起了争执。我和宋玉的意思一样,送礼物的原则应宗《素问·藏气法时论》所载"毒药攻邪,五谷为养,五果为助,五畜为益,五菜为充,气味合而服之,以补精益气"。但在具体细节上又有不同,宋玉的意见是"五果",他觉得既然是阑尾炎那肯定是大便不爽,说不定还有便秘,应该买些可以通便的食物,比如香蕉之类。我的意见是"五畜",我认为柏望春平时那么喜欢喝羊肉汤,所以应该牵只羊过去,最起码也要买一个火腿。雷尧说看人应该买花,致以温馨的祝福,"诚如清代朱锡绶在《幽梦续影》所谓,'琴医心,花医肝,香医脾,石医肾,泉医肺,剑医胆'。柏望春估计是为情所伤,肝脾不舒,所以花为好。"我们各自的意见抒发完毕后就看着袁浩天不说话,袁浩天沉思一刻说:"若送食物最好药食同源,根据《神农本草经》所载,选择上品中的人参、大枣之类滋补强壮之品。你说的香蕉,若是熟透,确实可以降低便秘风险。但我看了刚才那个水果店里的香蕉并没有熟透,而没有熟透的香蕉不仅不通便,可能还会加重便秘。若想通便,恐怕最好的水果还是西梅，西梅里含有一种成分叫山梨糖醇，它可以在肠道内形成高渗环境，吸收更多水分到肠道，增加大便湿度。至于火腿我也知道有几家比较出名，但火腿是猪肉做的，并非羊肉。猪肉者，《食疗本草》说其'主疗人肾虚'，但'虚人动风，不可久食。……肉发痰，若患疟疾人切忌食，必再发'。《名医别录》载其'凡猪肉，味苦，主闭血脉，弱筋骨，虚人肌，不可久食，病人金疮者尤甚'，而羊肉味甘、大热，热则耗伤津液，《名医别录》谓其主'虚劳寒冷，补中益气，安心止惊'。《医林纂要》交代说羊肉'助热发疮，血分素热者不宜'，所以这个也不行。"雷尧听到这好像就只剩下他的可以，于是拉起袁浩天的手就要进花店，此时袁浩天被抓住的那只手暗自发力，止住雷尧，继续说道，"花，寓意虽好，但可能对部分病人尤其是呼吸系统疾病患者并不适宜，因为部分患者对花粉是过敏的，而且现在有小部分花店出售的花上还都喷过劣质的香水，含有好多的挥发成分，对机体免疫力低下的病人来说则更为不利。"

"那，你说该送点啥吧，总不能空手去吧？"我们听完自己的意见一一被否定，很郁闷地看着袁浩天。

"送书，我认为，"袁浩天意味深长地说，"《寿世青编》中说'今之医者，惟知疗人之疾，而不知疗人之心'。有了书柏望春就会沉下心来考虑很多事情，比如宇宙、比如自然、比如社会、比如生死，等等，'四方上下曰宇，往古来今曰宙'。所以最好送一本《天问·九章》，'曰：遂古之初，谁传道之？上下未形，何由考之？冥昭瞢暗，谁能极之？冯翼惟象，何以识之？……'"袁浩天说到《天问》，竟忍不住在大街上背起来，引得路人观望，我就近踹了袁浩天一脚，以便让他从"天问"中回来。

第十二章 言入黄花川

我们几乎异口同声地说："你拉倒吧，要送《天问》你自己送，我还是送……"说到最后谁也没有说服谁，所以我们各自按照自己的意愿办事，宋玉买了一盘熟透了的香蕉，我们边走边吃。我一看羊腿那么贵，考虑到蜜也是好东西，就买了一罐东山白蜜拿在手里。而雷尧也考虑到花篮确实不实用，改成了一盒7月采摘的参花。原来我们还以为《天问》是一本厚厚的书，结果袁浩天也并不去书店，而是在路边的打印店从随身携带的软盘中打印，整本打印出来才用了两页A4纸。于是我们四人各自拿着自己心仪的礼物朝济水中医药大学附属医院出发了。

柏望春从家里回来时已是满面春风，病态全无。雷尧说柏望春一改萎靡是因为饮用了他所送的参花，书载参花有补气延年的效果。袁浩天则说是受了《天问》的启发，正合东汉医家华佗在其《青囊密录》中所说的："是以善医者，先医其心，而后医其身，其次则医其未病。"中医认为情志是疾病发生发展的重要病因，如研究发现抑郁、焦虑与多种癌症的发生发展相关，故而必须予以重视。回来后柏望春便在宿舍高调宣布他又恋爱了，在网上认识的一个很漂亮的女生。明天去天津看她的同学，路过济南时来看他。那股高兴劲儿，以至我们告诉他听说淑静正在学马来语，并且和那个新加坡留学生关系火热时，柏望春也只是微微一笑，"爱情嘛，对男人来说，就像一堆不合格的螺母，绝不是说你这根螺栓做得越标准适合你的就越多，而且有时恰恰相反。故应'物来顺应，事过心宁，可以延年'。"

话虽这么说，但夜晚柏望春却一改常态，在床上翻来覆去，我看得出他的苦闷，我知道一个人在对待失去时，平静的语言下内心的翻江倒海。

"望春，睡不着？"

"睡不着，咱们出去走走吧，我请你喝可乐。"柏望春压低了嗓音说。

"可楼门都关了！"我一看手表已经快凌晨一点半了，长长地打了个哈欠。

"走吧，我带你走。"柏望春说着穿了件大裤衩，绿色的T恤随便搭在肩上，带着我顺着一楼洗漱间的窗口跳了下来。在校门口的自动售货机上买了两瓶配了砂仁、白芷的崂山可乐，边喝边向水师东路那家烤肉店走。结果老板说："不好意思，肉都卖完了，只有啤酒。"于是我和柏望春坐在门口的一张小桌子上，就着崂山可乐一人喝了两杯趵突泉扎啤。喝完酒，我们转身上了经十路，一路上柏望春都沉默着。"怎么了，望春，还是放不下？"我知道他心里一定很不是个滋味，要不然照他大大咧咧的性格，不会是这种表现。所以说，没有谁是天生的大大咧咧，就看事情在他心中的分量。柏望春抬起头，看着路边的"心无限，天地宽"的巨幅广告牌，口中喃喃自语道："远别离，古有黄英之二女。乃在洞庭之南，潇湘之浦……"柏望春深沉的男性嗓音听起来如泣如诉，耐人寻味。这首诗如果出自袁浩天之口我不会如此震惊。"望春……"我轻轻叫了一声。忽然想起我们在上《大学语文》课时，淑静朗诵的正是这首李白的《远别离》，并且说唐诗中她最喜欢这首了。

"我原以为淑静一次的拒绝，我还是有机会的。我时常说追女人有三：一大胆，二不要脸，三死缠，可没想到这么快她就认识了那个新加坡的留学生。其实你不说我也知道，有好几个晚上，淑静在咱们学校外教楼教室给那个留学生补习汉语课都回宿舍好晚，还老在周末陪他去书店看书或去剧院看戏。小女孩在感情上容易受到诱导，还好

第十二章 言入黄花川

淑静的优点是做任何事情都有自己的原则和底线。淑静是个好女孩，青桐，你不知道，一想到这我的心有多么疼。"柏望春说着泪流满面，拳头握得咔咔响，"我希望淑静找一个比我好百倍的男朋友，但不愿看见那个基本没有可能的新加坡人牵着淑静的手。你可以不和我交往，但你不能不幸福。淑静，我不愿看见你以后的痛苦。青桐，我觉得可能淑静和那个家伙牵手也不是牵手，而只是我现在做得还不够好，她随便找了一个拒绝我的理由。对，一定是这样，她那天看见我拿着花，故意牵起了那个留学生的手。你说对不对，青桐？"

"'宁小勿其大，宁善勿其毒'，也许在很多事情上我们已经习惯于慢慢解决，而不是针尖对麦芒。而且，我们都是大学生了，多接触几个不同生活背景的、学业上有追求的朋友，也并非坏事，不要事事皆朝悲观想！"柏望春听我说完转头看了我一眼，没再说话。

我们站在山大门口的天桥上，望着济南这个不宁静的夜，脚底下是穿梭而过的汽车。柏望春无神地望着远处，夹在食指和中指间的卷烟冒出的青烟此刻给他染上一层朦胧的色彩，他说燃完这支卷烟以后就不再需要这股青烟的陪伴了。我则把手放在栏杆上沉思，并没有回答他的问题。

爱情如酒，得之人便醉；爱情更如药，离之病便发。柏望春偶尔的束手无策与唠唠叨叨足以说明了这一点。《诗经·豳风·七月》曾有酿好春酒，以祈求长寿的诗句，"为此春酒，以介眉寿"。在中医看来酒与医的关系非常密切，《说文解字》有云："醫，治病工也。从殹从酉。殹，恶姿也。醫之性然，得酒而使，故从酉。王育说：一曰殹，病声。酒所以治病也。《周礼》有醫酒，古者巫彭初作醫。"

第十三章

雪液清甘涨井泉

【雪液清甘涨井泉,自携茶灶就烹煎。一毫无复关心事,不枉人间住百年。(宋·陆游《雪后煎茶》)】

"复旦大学附属华山医院中医药学家姜春华先生曾在一篇文章中记载：一哮喘患者发作连续十几天，平喘药不能制止；又一失眠患者连续十几天不寐，用安眠药无效；又一头痛患者头痛亦十余日，用镇痛药无效。此三位病人都有面红目赤，舌苔干黄而厚、中心带黑，大便秘结十余日的情况，共同表现了'胃家实'的病机，均用大承气汤，于通便后喘平、能眠、痛解。青桐、柳杞儿，你们来说说这样用药合适不合适，体现了中医学的什么特点？"

学过《中医基础理论》的我和柳杞儿都知道异病同治的简单含义，但估计这并非张老师开门见山提问的原因，于是都沉默着，柳杞儿还掩饰性地低头呷一口茶水。张老师继续讲道："这里面体现了中医'异病同治'的特点，复旦大学附属华山医院中西医结合医学家沈自尹院士在1960年从肾的研究中总结提出异病同治和同病异治，是中医学的重要特色之一，也为中医学和现代医学两种医学体系的结合提供了突破口。"

"那老师，所有的疾病只要出现相同的症状就可以用相同的药物治疗吗？"跟着张老师查房坐诊大概有四五个月的我，其实内心对于这个并无深入了解的概念还是有点抵触的。

"首先，我要纠正青桐一个表达，不是症状，而是证。你们都知道，其实中医学不论在古代还是在西学东渐后的现代，都是讲究辨证论治。关于辨证施治和辨证论治两个名字的初现时间，目前尚存在争议。一种观点认为辨证施治一词可能首见于明代周之干《慎斋遗书·卷二·辨证施治》，辨证论治一词则可能首载于清代叶天士《临证指南医案·淋带》：淋带辨症论治，仿佛已备。而国医大师干祖望先生则认为辨证论（施）治一词目，在1949年前也可以说20世纪60年代前是没有的。但辨证论治的精神却来源古远，其思想孕育于《黄帝内经》，如'揆度'一词的含义即与'辨证'类似；发挥于《伤寒杂病论》，该书确立了中医六经辨证体系。中西医结合医学家陈可冀院士指出，中医的'证'，反映了对病因、病机、病位、病性、正邪对比的认识，从标本、气血、八纲、病因、六经、三焦、卫气营血等不同侧面对多种症状、体征和体质等表现加以综合归纳，而不是罗列堆积一些症状。"

"那这么多年，尤其是随着西方医学在中国的传播，中医学的辨证论治就没有什么进步或者演进吗？基利贝尔曾说在没有确定疾病的种类之前，绝不要治疗这种疾病。清代医家徐灵胎也在其《兰台轨范·序》中说欲治病者，必先识病之名；能识病名，而后求其病之所由生。可以说是疾病的分类原则支配了后续的医学理论和医疗实践。那么在具体分类上，中西医学间的差异大吗，张老师？"柳杞儿曾经在国外待过一段时间，对于学术的发展脉络总是有着更宽阔的视野。

"是的，确实法国学者米歇尔·福柯在其《临床医学的诞生》中说现代医学则更看重病理生理变化，根据病理变化归类症。我国中西医汇通学派代表医家恽铁樵则认为中西医学基础不同，外国以病灶定名，以细菌定名；中国则以脏腑定名，以气候定名。也即现代医学侧重从疾病的微观病因和病理生理及形态学角度对疾病进行本质上的判断，中医则倾向于从宏观整体上对机体四诊信息进行抽提升华。中医诊断原理是司外揣内、见微知著和以常衡变。中医学在初创时期主要是围绕'症状'开展，症状也是从最初殷墟卜辞中的'疾耳''疾齿''疾首'这种模糊的表述到'偏头痛''雷头风'这种相对明确的表述，再到血虚头痛、热厥头痛等带有病因表述的头痛。'症状'之后就是'证候'诊断，证候诊断集中体现了中医理论的精华。如中医药学家王永炎院士提出中医证候是对四诊信息表达的机体病理生理变化整体反应状态的概括，证候具有内实外虚、动态时空、多维界面的表现特征。中医药学家秦伯未先生则强调从疾病过程中抽引出客观的自身规律，务使求得症状和病因的统一。随着现代医学的不断发展，中医学也在诊断模式上有了新的变化，如出现了中西医病证结合、中西医'疾病-表型-证型'的辨证论治模式，即在现代医学疾病诊断的基础上，进行中医辨证论治，一定程度增加了辨证的准确性和针对性。其实不论中西医学的理论间差异如何，至少在这点上他们是相同的，即对疾病的认识是医生的指南，治疗的成功取决于对疾病的准确认识。"

"那张老师，这是不是说明其实是现代医学和中医学在交流的过程中产生了'异病同证'和'同病异证'的概念？"听着张老师的解释，我脑中突然闪现一幅阴阳鱼太极图，随着时间的推移，阴阳鱼的旋转速度逐渐加快，"异病同证""异病同治""同病异证""同病异治""西药归中""中药西化"等等由于中西医的相互碰撞而产生的新术语、新问题像脱粒机脱下的麦粒般落在仰头看着这个阴阳鱼沉思的中西医同仁身上。

"虽然在此之前我们的中医药典籍也有类似的表达，但至少是在中西医开始交流交融后，你提出的这个问题才凸显出来。因为在此之前中医学的主要诊病模式包括如下几种，其一为辨证论治，其步骤一般为观察症状（望、闻、问、切）、探寻病因（内因、外因、不内外因）、定位病所（躯体、内脏和经络等系统分类）、决定病态（把病机的形态分类）、商讨治法（正治、反治，标本先后等），然后处方用药（君、臣、佐、使）。其二为辨中医病基础上的辨证论治，一如《兰台轨范·序》中所言：'欲治病者，必先识病之名。能识病名，而后求其病之所由生，知其所由生，又当辨其生之因各不同，而症状所由异，然后考其治之法。一病必有主方，一方必有主药。'其三是辨病中医论治与专方专药，像中医药学家岳美中先生提出论治时注意古今专方专药的结合应用，一定成果很好，比如花椒治疗牙痛、鹅不食草治疗鼻炎、仙人掌治疗腮腺炎等等，这些在民间好像应用得都比较广泛。像清代医家赵学敏在其反映周游四方的走方医治疗技术的《串雅内外编》一书序中就有记载，'昔欧阳子暴利几绝，乞药于牛医；李防御治嗽得官，传方于下走'。就是说宋代欧阳修一次患水泻，国医不能治，其夫人就从沿街卖药人手中买了一帖药就好了。第二个是说宋徽宗时，有宠妃咳嗽，难治，御医李防御也因买了沿街叫卖的药物给其宠妃治疗有效而被封官。而上两个例子所用之药也很简单，水泻用的是车前子一味，咳嗽用的也不过蚌粉、青黛两味。在这三种模式中其实很难涉及'异病同证'和'同病异证'的问题。中医药学家赵锡武先生曾言：有病始有证，而证必附于病，若舍病谈证则有如皮之不存毛将焉附？……辨证论治的实质就是辨别清楚病因体异，然后同病异治、异病同治、药随证变。这就解决了有些人学了点现代医学，就觉得中医学的方向非现代医学不可的问题；当然也否定了有人读了点中医古籍，就认为要发扬中医学唯有复古这一条道路。"

"张老师，我看中医基础理论，中医是讲究'方证相应'的。那么是不是就是说'异病同证'原则下所有相同的证型不论其疾病诊断如何都可以用相同的方药治疗？"柳杞儿随后又抛出这个看似简短实则非常关键的问题。

"这个问题问得好，感觉不像是只学习了两三年中医的学生提出的。同病异治比较好理解，相同的疾病因为表现不同会有不同的治疗方法，这个体现在药物复方在临证中的加减上。异病同治是中医学最重要的特色之一，其作为一个主要的治则、治法被广泛应用于中医临床，疗效确切，促进了中医证本质研究和以证为基础临床试验的设计实施。而现代医学'辨病'与中医学'辨证'的结合才是'异病同治'的前提和基础，只有'异病同证'才能'同证同治'。但是不是所有的'异病'只要'证'相同治就相同呢？答案显然不是。"张老师说到这里顿了顿，翻开他从阅览室里复印的沈自尹院士的相关文章，接着说道，"'异病同治'必须凸显'异病'的指导作用，'同治'的基础是这些'异病'必须具备相同或近似的病理生理学基础，异病同治的'病'也必须有其特定的内涵，只有存在共同病理过程的特定的某类疾病或某系统疾病才适合'异病同治'，即特定的某类疾病或某系统疾病。就像《矛盾论》所指出的：和形而上学的宇宙观相反，唯物辩证法的宇宙观主张从事物的内部、从一事物对他事物的关系去研究事物的发展，即把事物的发展看做是事物内部的必然的自己的运动，而每一事物的运动都和它的周围其他事物互相联系着和互相影响着。名老中医朱仁康先生在谈其治学之路时曾语重心长地说，'我以为学习唯物辩证法并用来指导临床实践，很有必要。所以读一读毛泽东同志的《实践论》《矛盾论》及《人的正确思想是从哪里来的》三篇著作很重要'。"

第十四章

吾往矣

【自反而不缩,虽褐宽博,吾不惴焉;自反而缩,虽千万人,吾往矣。(《孟子·公孙丑上》)】

说着就到了周末，班级预定去黄河森林公园搞联谊活动的时间。出发前，团支部书记给大家发了进入大学后办理的新身份证。我手里拿着这张印有"济南市公安局历下分局"的卡片，看着自己当时羞涩的表情，心想："是啊，我也要做五年济南人了。2002年6月30日签发，有效期10年，也就是2012年，到那时我整三十岁。三十岁，我在哪？我又在做什么呢？到那时，我是不是已经结婚，又是和谁结的婚，是不是和我现在的女朋友？到那时可爱的柳杞儿是不是也已经'昔别君未婚，儿女忽成行'了？"想着心里竟然还有点酸酸的。

那些与女生宿舍有联谊关系的男生宿舍里的每个人都背着重重的包，其中一半是自己的，另一半是联谊宿舍女生的，我们宿舍则一个个轻装上阵。所以除了宋玉，我们都兴高采烈。"于时冰皮始解，波色乍明，鳞浪层层，清澈见底……"袁浩天对着我们几个大老爷们用背诵《满井游记》来抒发自己郊游的高兴之感。宋玉有点不高兴，因为夏婉的东西落在了她们联谊宿舍另一个男生的肩上，这让作为夏婉男朋友的宋玉觉得有点没面子。

到了公园，就开始准备野炊，每个宿舍为一个单位。看着别处男女搭配有说有笑的，而我们几个大老爷们只能围坐一起眼睁睁地看着一罐燃气喷出的火苗舔舐着水壶，周晋陇由于我们组里没有女生，就去了其他组。看着周晋陇在别的组里有说有笑的献殷勤，宋玉气得早晨没有刮净的两根胡子在风中一颤一颤的。其实周晋陇的举动对宋玉来说不过是引子，而主要还在于夏婉，尤其是看着夏婉和别的男生推杯换盏。其实我又何尝没有一点心烦意乱，尤其是看到柳杞儿微笑着频频给他组的男生递过去烤肉时。

我收回目光，抓了两瓶啤酒在手，用其中一个的盖子打开另一个，然后把这一瓶晃了晃,用右手在瓶底一拍,瓶盖就飞了出去。宋玉无声地接过一瓶,和我碰了一下,从酒瓶碰撞的力度能明显感觉出他心中的不痛快。我边喝着酒,眼睛又飞到了柳杞儿那里。柳杞儿离开了人群,踏着跳跃的阳光走向黄河岸边,她顺着窄窄的沙道走向一个由于多年的沉淀和浸泡形成的三角滩涂。滩涂上生长着星星点点的小草和白色的小花,黄褐色的河水伴着我的目光轻轻地拍打着柳杞儿光滑白细的小腿,远处几只采沙船静静地停泊着。

突然传来一声尖叫,是柳杞儿。我"呼"的一下甩了酒瓶站起来,就见柳杞儿的一只脚已经陷入三角滩涂的泥沙里,她的身体左右摇摆颇有点站立不稳。我突然想到了《这里的黎明静悄悄》中的女兵丽莎,害怕地打了个激灵,飞一般冲向河边。距离柳杞儿五米左右的岸边沙滩上此时已经围成了半个圈,大家极力劝说柳杞儿保持镇定,不要乱动。有的说应该找一块门板过来,这样就可以让柳杞儿从门板上走过来;有的说应该赶紧拨打110,让公安来想办法;辅导员说谁也不要再走过去,避免不必要的问题出现,大家一听本能地往后退了几步,这一退更增加了柳杞儿的紧张。在和柳杞儿那哀怨惊恐的目光交会的一瞬间,我心里一阵难过。我突然想起小学时学过的救生常识,迅速卧倒,不顾一切地横着滚到柳杞儿的身边,让她慢慢俯下上半身,我一把抱住她的腰,朝相反的方向使劲一滚,柳杞儿深陷在淤泥当中的双脚就被拔了出来,然后我用与来时同样的方法——只不过怀中多了一个紧紧抱着的柳杞儿——滚到了同学们的脚下。她爬起来,惊魂未定地站到辅导员身边,回头看看滩涂上她遗落的粉红色的太阳帽和两个深深的脚印,忍不住流下了泪水。我浑身泥水滴滴答答地淌着,这时雷尧走过来不怀好意地对我说:"怎么样,抱着她感觉和抱青译有什么不同啊?"一坨泥浆从我头发上滑下来,我紧闭了一下眼睛,脑中浮现出刚才抱柳杞儿滚过来时不曾注意的细节,我好像此刻才感觉到了我抱着她滚动时她隔着衣服的皮肤的温度。我白了雷尧一眼,瞥见柳杞儿头发凌乱地站在不远处的同学中间,什么话也不说,紧咬着嘴唇。滩涂上,那朵被压折的白色小花在有着阳光的风中瑟瑟地抖着。

第十五章

笑渐不闻声渐悄

【花褪残红青杏小。燕子飞时,绿水人家绕。枝上柳绵吹又少,天涯何处无芳草!

墙里秋千墙外道。墙外行人,墙里佳人笑。笑渐不闻声渐悄,多情却被无情恼。(宋·苏轼《蝶恋花·春景》)】

以前每次放假前订火车票，我都会在教室里静静地等着柳杞儿过来统计我的订票信息，我享受着她从几米远的距离径直奔我而来的感觉。可入学后的第一次班委选举，她主动放弃了候选资格。但我仍然投了她一票，当黑板上出现她的名字并被画上了"正"字的第一笔的时候，我感觉她红着脸回头朝我这边望了一眼。现在她不再当生活委员，我对统计火车票也没了期待。不觉来到了图书馆二楼电子阅览室，也许是快要期末考试的缘故，电子阅览室的人并不是很多。打开QQ，又记起那天帮宋玉看的那个女生的QQ号。她正在线，我就在好友请求信息栏里填了句"思恋或如水，采菊东篱下"发了过去，很快看到她的QQ头像在我的好友栏里闪烁起来。我们客套地聊了几句，分别知道了对方是哪个学院的。打开校友录，看到柳杞儿的留言，心里美滋滋的。

次日傍晚，在水师东路的米香居，柳杞儿请我吃饭以答谢"救命"之恩，救命那当然是谈不上。我不顾一切这样做，可能并非完全出于我的助人为乐的良好品质，有很大原因是那个人叫柳杞儿，同时也是我的"师妹"，我自然要全力以赴。

"樊青桐，谢谢你。你看我以前还在军训教官面前举报过你'顺拐'，你还这么好心救我。呵呵，谁叫咱们是同门师兄妹呢。"

"没事，换了别人我也会一样该出手时就出手的，也不看看咱出生在哪，沂蒙山——红色革命老区。"我看着她和满满的一桌子菜，心想，等一会儿吃不完，是不是可以打包。

柳杞儿轻轻地夹了一块鱼肉在碗里，小心地挑拣着，头也不抬地说："是啊，可我是来自海边的，我从小也没怎么见过山，我特别喜欢早上的时候从房子二楼看潮起潮落的大海。"

说来惭愧，我的故乡虽然离连云港的海岛——连岛也不是特别远，坐火车大概一个小时，但这么多年来我从没有看过一次大海。说到故乡，柳杞儿就给我讲起了她的高中，原来她是在北京上的私立高中，还在加拿大待过一年。私立中学的收费标准很高，光学杂费一年就五万多，还不包括住宿费的四千，代收费与服务费的九千，非北京户口的收费更高。长这么大，我第一次知道还有收费这么高的中学。再加之她刚来时坐自家奥迪的印象，一个大家闺秀活脱脱地坐在我的面前。纵然社会发展到了今天，大学生之间因家庭环境而产生的差距还是明显的，这种差距体现在学识、涵养、生活态度、学习能力等各个方面。

柳杞儿不喝酒，我一个人也就缺少了品酒的心情，我一口气喝完一瓶青岛啤酒，水饺也就上来了。水饺一上来，柳杞儿一把拿走我进门时专门拿过来的一罐蒜泥，说："不许吃大蒜，味道大。"

"山东人还不吃大蒜？大蒜是好东西，《新修本草》谓其能下气消谷，除风破冷，《滇南本草》说大蒜祛寒痰，兴阳道，泄精，解水毒，所以要多吃大蒜啊。最近一项研究发现长期低剂量摄入大蒜可显著降低总胆固醇和低密度胆固醇的水平，特别是在心血管疾病患者中。"

"那胡椒还辛热纯阳，走气助火呢，可治疗'冷气上冲'，你这个畏寒之人不来点？"柳杞儿说着拿起胡椒面放到我面前。

"《酉阳杂俎》中写胡椒，出摩伽陀国，呼为昧履支，……至辛辣，想想在我国晋至明代的一千多年间，能将胡椒用于调味的可仅限于上层社会，今天我也附庸一下！"显然她并不为我的言辞所动，我在心里想，她说的也有道理，万一今晚袁浩天叫我去练太极，味道确实有点大，于是接着说道，"那就'椒盐水饺'。"

"真的不吃了？"柳杞儿眼睛看着我，我脸一红，不好意思地又把头低下，一只手不好意思地扶了一下眼镜。柳杞儿揶揄道："还真脸红了啊，哈哈，给你！"说着她把蒜泥放到我的手边。

不给不吃，一给就吃也太没原则了，于是我把蒜泥一推说："不吃！"

"呵呵，刚才和你开玩笑的，吃吧，吃吧！"有些时候我发现，男生再坚强，也会在自己心仪的女生面前化作绕指柔。我看着柳杞儿真诚的表情，又看看平时吃水饺时最爱就的蒜泥，赶紧舀了一大勺放在料碟里。

就在我很高兴地就着蒜泥咽下第一个水饺的时候，就听见柳杞儿叹了一口气，用拿筷子的手背托着下巴说："唉，现在的男生啊，都是经不起诱惑的，原来以为你会很有原则，结果在一个小小的蒜泥面前尚且没有自制力，也不知道在其他事情面前会是什么表现。"

我当场就愣住了，内心真有点佩服柳杞儿的联想力，竟能将一个小小的举动和一堆无关的事情联系起来，而且表面看起来还是这么的缜密。我此刻的后悔立即就占据了上风，"其实吧，我真的没想吃，但是你硬让我吃，我又不能驳你面子……"

还没有说完，柳杞儿就打断我的话说："男生呢，还有一条就是犯了错误后特别会花言巧语，死不认账。你看你，才一会儿就把男生所有的缺点都表现了出来。"

听到这里我更深一层体会到"跳进黄河也洗不清"这句话的含义。我说："对不起，柳杞儿，要不我去黄河大桥，跳下去洗洗，好吧？"

一提到黄河，柳杞儿好像突然想到了什么，说："你看，你看，本来是想请你吃饭来感谢你的，结果还差点让你跳进黄河去洗澡，哈哈……哎，对了，你有女朋友吗？"柳杞儿说到此处，笑盈盈地看着我。

我没有马上抬头，因为我不知道该怎么回答，更猜不透我这一次回答意味着什么。现实情况是青译是我的女朋友，她或许也是知道的。可是，可是……我抬起头迎着她的目光模棱两可地说："其实，要说也是有的，……你呢？"

"我？"柳杞儿嘴角很好看地一翘，"你猜猜！"

"你，你这样的条件，应该有吧，除非你不想谈！"我知道我又在说违心话了，因为在我内心，我当然是希望柳杞儿没有男朋友，就算我这辈子和柳杞儿不会有这方面的什么关系，可是一想到有个男孩搂着柳杞儿娇小的肩膀，甚至还要在那个温柔的嘴唇上亲一下时，心里还是有点波动。我这样说无非想要一个否定的回答。

柳杞儿伸手拂了一下刘海，点着头说："对了，你猜对了，我有男朋友！"

"那，那他在哪呢？"和很多世俗的想法一样，我想他既然没有和柳杞儿一起来读大学，那他肯定是个不学无术的人了，要是那样的话，我的心里倒是平衡些，于是不由自主地问了这么一句。

"他和我是在北京读书的时候认识的，在加拿大上课的一年里他给了我很大的照顾和关怀，从生活到学业。"柳杞儿说到这拿起杯子用吸管喝了一口果汁。我在心里想，那个"他"肯定学习非常一般，不过家里在一段时间内较会帮他安排而已，要不然柳杞儿肯定要说他现在在哪儿了，想到这我的心里轻松了一些。后来我想，有些时候人的内心真是不可揣测，尤其在一个自己很在意的人面前，特别希望所谈到的另一个异性不如自己，"他现在在咱们香港的一所大学读书，也是学医的。而且很有才哦，上次学院诗歌朗诵大赛，我朗诵的那首

107

英文诗就是他写的,还得了第二名呢,准备下个月参加学校的初赛。到时候拿奖了请你喝可乐啊!"

我抬起头,艰难地挤出一个"嗯"字。

第十六章

惟变所适

【学书先定规矩，然后纵横跌宕，惟变所适。此亦医家之规矩也，若不能纵横跌宕，是守株待兔耳，司命云乎哉？（明·李中梓《医宗必读·辨治大法论》）】

经过煎药尝药等努力后，袁浩天觉得自己在谈恋爱这方面确实没有天分，索性采取了以不变应万变的策略，每天该干什么干什么，期间还获得了学校书法大赛的一等奖。袁浩天获得校书法大赛一等奖消息在校内的流传，或许是徐苇丛态度转变的催化剂之一吧？于是在一餐请我喝了一杯芬达后，徐苇丛托我委婉地告诉袁浩天多去找她，她其实已经不生气了。在芬达气泡的冲击下，关于徐苇丛的好话就不间断地在袁浩天面前冒了出来。

也是凑巧，最近袁浩天一直跟着我们学校的一位名老中医抄方，这位老中医精于妇科之道。徐苇丛的一个在建工学院上学的朋友最近痛经难忍，间断口服过几种药物，总不见好。老听徐苇丛在她面前吹嘘袁浩天中医功底深厚，家学渊源，而经、带、胎、孕等妇科之病本就为中医学的优势病种，所以想请袁浩天给看看。袁浩天闻此也是精神一振，学了那么多年的中医学，尤其是《妇科心法要诀》《傅青主女科》《妇人大全良方》《竹林寺女科秘传》《济阴纲目》等书他不仅全部熟读，而且大部分内容都能流利背诵，今天终于可以小试牛刀了。

周六早晨6点多，徐苇丛便打电话叫起袁浩天，准备一起到建工学院给她朋友瞧病，袁浩天才知道她朋友竟然是他们班唯一的一个女生，顿感责任重大。袁浩天认真地给徐苇丛的朋友察色诊脉，发现其脉弦细、苔根腻。问诊得知其临经少腹痛已有年余，并且经行色黑有块。诊断为气滞血瘀，拟用养血活血疏肝之法。袁浩天待徐苇丛从建工学院的食堂买了早餐回来，边示意她也试试她朋友的脉，边在纸上一笔一画写道：当归30g，白芍6g，柴胡3g，白芥子3g，失笑散10g（包煎），炒橘核12g，木香9g，炙荔枝核5枚，7剂。水煎服，日一剂，分早晚两次温服。

第十六章 惟变所适

徐苇丛和她朋友认真地看着袁浩天开完方，徐苇丛的朋友说："哎呀，医生的字写得这么工整的，你是第一个啊。给我吧，我去抓药。"说着伸出了手。袁浩天说："这个还不能抓药，抓药要写在处方上呢，我没有处方权，所以我得请陈老师审查后他觉得可以才能由他来给你开。今天上午刚好陈老师有课，我找他来安排，然后让徐苇丛联系你。"

回学校的路上，袁浩天问徐苇丛她朋友的脉象如何，徐苇丛说有瘀血应该是有涩脉吧？袁浩天说你摸到了？徐苇丛说好像是，但又好像没感觉到脉象。袁浩天微微一笑说："你知道你为什么没有感觉到她的脉象吗？"徐苇丛还没回答，袁浩天接着说，"苇丛，伸出你的左手。"徐苇丛不知袁浩天要干什么，慢慢伸出手来。袁浩天一把握住，徐苇丛羞涩地低下了头，这时就听袁浩天接着说道，"等下次你再见你朋友的时候，你摸脉试试这个地方，你朋友是'反关脉'。"袁浩天边说着边用另一只手在徐苇丛手臂上画出"反关脉"的循行路线。

课间，陈老师微笑着听完徐苇丛和袁浩天的描述，才接过袁浩天开的方子批改起来，删掉了木香，加上了两头尖5g（酒浸包煎）、炒橘叶5g、炙枸橘1枚（打），并把当归的剂量改为10g。并笑着和袁浩天说："中医治病其法大概有四，曰明经、别脉、识证、处方而已。所以第一步是掌握足够的基础知识，即清朝御医吴谦所谓'医者，书不熟则理不明，理不明则识不精。临证游移，漫无定见，药证不合，难以奏效。'第二步则是对患者进行辨证论治，处方用药。枸橘就是臭橘，也就是橘生淮北则为枳的枳。你的方子立意是对的，但是注意药味的选择与药量，要结合妇人以血为本的特点。当归既能补血、活血，又能调经，为妇科要药，但也不能因此妄加剂量。《本草蒙筌》中说凡药制造，贵在适中，不及则功效难求，太过则气味反失。李时珍在《本草纲目》中更是直言'升者引之以咸寒，则沉而直达下焦；沉者引以酒，则浮而上至巅顶'。也就是说中药经过配伍后可以将功效引到病所以更好地发挥作用，此即清代尤怡说的'兵无向导则不达贼境，药无引使则不通病所'，现代研究对此也有科学的解释。对中药进行适当的炮制是有可能改变药物的性能，缓和或提高药物功效的，比如醋制柴胡、青皮、香附等均能增强疏肝理气的效果，同样醋还能增强三棱、莪术、玄胡等的行血止痛作用；还有润肺止咳的药物往往多用蜂蜜炮制，健脾消食的药物多炒制；又比如明代医家傅仁宇在其《审视瑶函》中告诫说'补汤宜用熟，泻药不嫌生'。当然，必要的炮制还可以降低或消除药材的毒性、刺激性或副作用，便于制剂、煎服和储藏，以及清除杂质和非药用部分等。"陈老师说完走了两步，又回过头来，"'病之愈不愈，不但方必中病，方虽中病，而服之不得其法，则非特无功，而反有害，此不可不知也。'这是《医学源流论》中明确说过的。所以开药如果不是急危重症，还要考虑患者接受度和依从性。两头尖有谓鼠粪者，有谓竹节香附者，在此方中所用为鼠粪，古书所谓以至秽至浊之物，走下焦秽浊之处，用作男子精室、女子血室的引经药。患者经行色黑有块，属于气滞血瘀，临经少腹拘急作痛是肝气结滞，失于疏泄之故。其脉弦而细濡，又有头眩神疲之症，可见气血亦不足。故而在经期应该以疏肝理气为主，平时则可用益气和营法，而仍佐调气活血之品，兼顾其标本。以后你开方子应该注意这些。"

"对对，"袁浩天说着伸手一拍脑门，"陈老师，记得《妇科心法要诀》中说过'腹痛经后气血弱，痛在经前气血凝，气滞腹胀血滞痛，更审虚实寒热情'。"

第十六章 惟变所适

"当然,熟读医书是一个方面,更重要的是要多临证,即清朝宁松生在《医林选青》所谓'不读书穷理,则所见不广,认症不真;不临证看病,则阅历不到,运动不熟'。不要在复杂的症状、体征面前失了分寸。明代李中梓对此早有认识,他说'病机繁杂,变迁无穷,如珠走盘,纵横不可测。虽纵横不可测,而终不出此盘也'。"

六天后徐苇丛跑到我们宿舍楼下大叫袁浩天的名字,袁浩天正在练习毛笔字,提着毛笔便奔去窗台。徐苇丛说她朋友症状减轻了,袁浩天初战告捷,颇有点兴奋。但更让袁浩天兴奋的是,这是他第一次从高处俯瞰徐苇丛穿吊带衫的样子。袁浩天为了找到一个最佳观察位置,借着为她朋友治病有功,用手指点着徐苇丛这边靠靠那边移移。并借口要看清徐苇丛手中拿着的化验单,把一个望远镜对准了徐苇丛显露在吊带外面的若隐若现的那片凸起的洁白。当然,由于徐苇丛和袁浩天的关系,他只好把这些兴奋深藏心中,转头无声地看了我们三四次。袁浩天看了一会儿徐苇丛胸前的那片白,下身的小帐篷就撑了起来,等到终于消了下去,却发现那个地方的布上有一块小小的湿痕,于是打开水龙头,装作很认真的样子把脸洗了洗,洗完还不忘用湿湿的手在鱼白色的裤子上甩上点点的水渍。他要再见见徐苇丛的朋友,以便二诊。在某种程度上看,袁浩天此举也符合宋代医家刘昉在《幼幼新书·自序》中所谓的"未医彼病,先医我心"。

袁浩天见到徐苇丛的朋友,发现症状都有减轻,但噫嗳不快。故而按照陈老师说的守方不变,略有加减。方用紫苏梗、制香附、陈广皮、春砂壳、炒川楝子、炒延胡、失笑散(包煎)、两头尖、旋复花、炒橘叶、炒橘核、荔枝核,仍然开7剂。徐苇丛朋友说她上次拿药时医院的药房说两头尖这味药用完库存后就不再进货了。袁浩天对此默然不语，但后面所开的药里就取消了两头尖。前后经历了五次治疗，又随访了两个月，徐苇丛朋友的痛经再没有犯。在这过程中徐苇丛和袁浩天的感情也加深了。当然，随之在《中医药文化》杂志上发表的袁浩天和陈老师因治疗徐苇丛朋友而产生的医患关系的思考文章《中医临床视野下的医者与患者》，不仅让我们刮目相看，更是增加了徐苇丛对袁浩天的崇拜之感。后来袁浩天还因此读了中医妇科学的研究生，自是后话。

第十七章

炉焰犹然煖气蒸

【夜夜烹茶煮雪冰,今宵霁色十分澄。山窗坐落三更月,炉焰犹然煖气蒸。(清·黄文仪《冬景·其四》)】

"上次，我们系统谈了中医'异病同治'的问题。今天我们来一起聊聊中医辨证论治的流程，即中医是怎么看病的。"张老师说着，拿出他在英雄山文化市场买来的竖排《辨证录》放在桌上，"中医证候是人体疾病的客观反映，证候的判定是中医师自身知识体系和认知方法甚至阅历的折射，对于证候的判定必须在中医药理论框架下进行，并非中医师的随意再创造。辨证论治要考虑两方面的关系，其一是论治与当下证候的关系，其二是论治与疾病全过程的关系。其实，几千年的中医学临床实践总是在不遗余力地做着一件事情，即研究患者的四诊表现与机体病证本质之间的关系，研究药物等内治法、针灸推拿等外治法治疗病证的疗效，在海量人用经验大数据的基础上总结规律，并经过反复调整提升为系统的中医学理论体系；在患者个体小数据的基础上进行微调，体现中医学个体化诊疗特点。当然，在上游的中医学理论体系和下游的中医个体化诊疗之间还有着处于中间层面的病证方域化发病特点和发病时节的识别。沈自尹院士甚至将之融进对证候概念的描述中，他认为证候是医者对病人的症状、舌脉、病情变化、治疗经过、个体情况、土地方宜等情况，经过四诊八纲的分析，采用某种辨证方法得出的一个总的概括性的结论。孙思邈在其《备急千金要方》中也指出'凡用药皆随土地所宜'。这个方域化特征不仅表现在疾病本身，如《张氏医通》有关于'麻'的记载，'西北水土刚劲，禀质亦厚，麻必五七日乃没；东南风气柔弱，麻出不过二三日即化'；《世医得效方》记载'凡诊脉需要先识别时脉、胃脉与脏腑平脉，然后及于病脉。时脉谓：春三月，六部中俱带弦；夏三月，俱带洪；秋三月，俱带浮；冬三月，俱带沉'；有时还直接影响药物的使用，如《瑞竹堂经验方》明确指出'盖金元方剂，往往如斯，由北人气禀壮实，与南人异治故也。此在于随宜消息，不可以成法拘矣'。多数情况下，经验丰富的医生会有目的、有意识地对某些临证处方进行药物加味，但主要是由于医生、患者所处的方域，患者的体质乃至其就诊时节要求医生在临证处方中进行药物加味，而不完全是因为这些中药可直接对应患者因疾病而表现出来的特殊证候，里面含有对疾病'隐潜证'的理解和认识。前者如《备急千金要方·治病略例》载'江南岭表，其地暑湿，其人肌肤薄脆，腠理开疏，用药轻省；关中河北，土地刚燥，其人皮肤坚硬，腠理闭塞，用药重复'。后者如《本草纲目·四时用药例》中说'故春月宜加辛温之药，薄荷、荆芥之类，以顺春升之气；夏月宜加辛热之药，香薷、生姜之类，以顺夏浮之气；长夏宜加甘苦辛温之药，人参、白术、苍术、黄柏之类，以顺化成之气；秋月宜加酸温之药，芍药、乌梅之类，以顺秋降之气；冬月宜加苦寒之药，黄芩、知母之类，以顺冬沉之气'。再来看这本《辨证录》，"张老师说着翻到年希尧所写的《辨证录序》部分，"'一遇其人之病，先审其人之气质，按其人之性情，据其人之居处、服习，循经辨络，以得其致病之原与夫病之所在，然后随节气，就方舆，切脉对症而投之以药，无不有随手而效焉者也。'"

"那现代医学尤其是咱们学过的《药理学》对中医辨证就没有影响吗？"柳杞儿依然在关注着现代医学与中医学之间的关系，她似乎更在乎如何从现代医学汲取知识来为中医学服务，而我则更希望能从古人经验和古典医籍中找到问题的答案。

"当然有，比如随着部分中医师现代医药学知识的丰富，他们也会在传统中医辨证处方的基础上，有意增加一些基于现代药理学知识的中药。这些有意增加的中药有些虽然可以为传统中医理论所解释，但如果没有现代药理学知识的加持，它们出现在这些药方中的概率极小。这大概就是你所说的现代药理学对中医的贡献，当然也包括中药安全性方面的评价。"

"那张老师，我跟您门诊这么久了，怎么没有见到您在诊病时候有过这样的分阶段用药？"我仔细回忆着跟着张老师抄方和查房时他处方的情形，感觉并没有什么阶段性，而是一气呵成，而且我从中也难以看出类似的区分。

"呵呵——羚羊挂角的感觉吗？"张老师会心一笑，"理论上，中医学的学习流程是'顺流而下'，依次递进并逐步靠近患者个体。但在具体的中医临床实践中却很难体现出这个层次感。因为中医学诊疗疾病直接面对的就是患者个体，而且患者个体在医生临证的时候已经将上述三个层面通过'病证'的方式进行了杂糅。这在初学者看来难分彼此。然而对于斫轮老手则层次分明，并可直接体现在处方用药上。所谓'是故圣人不治已病治未病'，不仅体现在对'见肝之病，知肝传脾，当先实脾'等机体内在病机转变的把握上，更体现在对患者所处外部环境是否产生影响和产生什么影响的考量中，方域化、季节化的用药特点即是体现之一。我这里只是将这一连贯的过程敲碎来让你们辨认。"

"那怎么才能达到这种境界呢？"

"时间与悟性。中医诊疗疾病以区分正常与异常开始，如《诊家枢要·五脏平脉》所言'凡此五脏平脉，要须察之，久久成熟，一遇病脉，自然可晓'。继之以模仿，即跟师学或跟书学，继而在老师的指导下和在具体临床实践中进行校正、纠错和总结、体悟、提升，即这本所谓《辨证录》中提出的需要'埋首读书、潜心昧道、得名师之指授'。这个过程是相对漫长的。因为部分诊法如脉诊存在'脉理精微，其体难辨，弦紧浮芤，辗转相类，在心易了，指下难明'的特点，传统的中医师带徒是将四诊等结果与处方用药直接对应起来，徒弟在师父诊察的同时或师父诊察前几分钟完成四诊信息的采集，通过体悟师父的处方用药来探寻'脉症-方药'之间的关系。其另外一个原因则在于中医诊断虽有各种各样的诊断标准，但与现代医学比较缺少所谓的'金标准'，皆需要医生在临床中去感悟。甚至还有部分民间中医并不能准确地给出病证诊断结论的术语，但却对这种'状态'治疗有效。而且中医所具有的'思辨'特点决定了患者只要有了某种症状表现，总能辨出一种证来。中医药学家秦伯未先生认为'如果离开了症状，或者忽视了主要症状，以及不熟悉其间的相互结合，就无法正确地运用辨证论治'。但此证和之前所见之证或许总有这样或那样的不同，这种不同主要体现在症状、体征的多少和程度。无疑，四诊信息所获得症状、体征不仅是中医学古今对接的依据，还是中西医结合天然的、主要的契合点。但也必须明确的是，不同的症状、体征对于不同的中医证候来说，其所具有的诊断意义可能并不相同。"

"张老师，对于中医辨证有没有相对固定的一个流程呢？尤其是现在中西医并重、中西药并用的情况下？"

"有。《临证指南医案·凡例》中说'医道在乎识证、立法、用方'，提示辨证论治的精神实质，就是理法方药的一套完整治疗体系。中医药学家蒲辅周先生提出我们通过四诊、八纲等方法来分析，归纳和认识病因与证型，定出正确的治疗准则，选择适当的有效方剂，以达到彻底完成治愈疾病的最终目的。据此，中医辨证论治环节可以总结为收集症状（四诊信息）→区分证据真假（去伪存真）→确定主症和次症（辨别主次）→病因、病位、病性、症状及邪正消长情况等（明确标本）→辨证分型（信息比对）→做出诊断（确定病机）→抓主症，照顾兼症，明确治疗逆从（确立治则治法）→'三因制宜'（因时、因地、因人）→明确方药组成、剂量、剂型（初步结果）→制定治疗方案（议方药）→复诊中观察症状增减与病情转变（评估诊断与疗效）→'治未病'。其中，抓主症即抓住病证之关键所在，识别本质，防止泥于表面，不分主次；中医药学家刘渡舟先生将之总结为'以主诉为线索，有目的和选择地诊察，随时分析、检合'。议方药包括对病、对证、对症和对药之配伍四部分，还包括基于后续药物治疗疾病的临床疗效进行方药的加减调整，即随证加减，直至患者客观症状好转或消失（古代）、微观指标检测和各项检查指标好转或稳定（现代），或者出现痊愈、死亡、功能丧失等其他结局指标。更高水平的中医学辨证则要求在临床中除了注意患者临床应有、已有的症状和体征外，还结合患者应无、未有的症状和体征来明辨病因病机。清代医家李用粹在其《证治汇补》序中将辨证论治的步骤总结为：'先以病因，详标本也；次以外候，查症状也。次条目，审经络也；次辨症，决疑似也；次脉象，凭折衷也；次治法，调虚实也；次劫法，垂奇方也；次用药，揣入门也；续以附症，博学问也；终以方剂，与绳墨也。'"

"张老师，这样看，中医辨证论治似乎也很容易。那为什么好多病人都说现在'真'中医太少了呢？是不是这里面还有一些不容易把握的环节？"

"当然了，如果要用一句话来说明，就是存在'三个变量''两个容易产生模糊的概念'，基于'三分法'中医临床证据归类不明确，以及在中医临床或中医临床试验过程中存在的中西药交互作用不明确,这四个方面困扰着中医辨证论治水平的提升。'两层面''三分法'和'五要素'是复旦大学附属华山医院董竞成教授提出的一个新见解和理念,被写入了其主编的《中国传统医学比较研究》一书,值得深入思考。"

"张老师,能具体解释一下吗?"

"'三个变量'即中医诊断要素的模糊化和辨证论治方法的非唯一性、'自体感'和'他体感'的主观性、中医处方组成及剂量依据的模糊性。中医学诊断不像现代医学,中医辨证要素存在宏观模糊性、多维时空性、演变渐进性的特征,并且有很多或然症,取舍很大程度取决于医生。目前中医教材或一些中医书籍多出现一些主症、次症和必然症、或然症等概念,有的会将舌象、脉象分列其中,有的则单独列出。那么哪些诊断要素是证候判别的必备指标,哪些诊断要素是证候轻重程度的判别指标,虽有交代但在中医临床中的具体可操作性却有待进一步加强。这样会给初学者带来一定的识别困难,是'主症加舌象加脉象'完全符合才能诊断该证候,还是'主症'出现就可以诊断?当然这个问题也并非只有中医学才关注,比如索瓦热在《系统的疾病分类学》中指出,'为了描述一种疾病,他必须小心地区分这种疾病特有的、必然伴随出现的症状和完全偶然、意外的症状,例如因病人的气质或年龄而引起的症状'。同时,中医学诊断要素本身也存在一定的模糊化描述的问题,比如对于脉诊的描述以'观物取象'为起点,以'立象尽意'为目的,以'取象比类'和'制器尚象'为实践,重感觉而轻定量。青桐,你能举几个关于古代医家脉象描述的例子吗?"

"张老师,我还记得元代危亦林《世医得效方》中的一段描述,'浮如指按葱叶,芤则中空有两头,滑似流珠,实则健而有力,弦如琴弦,紧如弓弦，洪则举指极大。八里属阴，微、沉、缓、涩、迟、伏、濡、弱。微于指下如细丝，沉若烂棉寻之至骨，缓则来往不急不慢，涩如刀刮竹状，迟者寻之隐隐，伏潜于骨重指乃得，濡凑指边似怯，弱而去来无力'。"

"柳杞儿，《素问》中关于色诊好恶的描述你还记得吗？"

"记得，张老师，您当时让我们背过。好像是在《素问·脉要精微论》这篇中出现的，'夫精明五色者，气之华也，赤欲如白裹朱，不欲如赭；白欲如鹅羽，不欲如盐；青欲如苍璧之泽，不欲如蓝；黄欲如罗裹雄黄，不欲如黄土；黑欲如重漆色，不欲如地苍'。"

"你们俩见过'苍璧之泽'和'罗裹雄黄'吗？"张老师笑着问我们。我们面面相觑，都不作声。在这个时候不作声不代表默认见过，而是说在看到这句话之前根本就没有想到过这个。

"无疑，这些形象化的拟物描述的确促进了中医四诊的发展和传播，是与当时的社会环境、认识水平和语境分不开的。我建议你们去感受一下用西瓜刀轻轻刮竹子时的感觉，并对比一下手摸琴弦与弓弦的区别。但曾经模糊的四诊信息描述都需要进一步具体化，与时代相适应，因为你们这一代'80后'的中医可能对于'苍璧之泽'和'罗裹雄黄'缺少感性的认识，老师在讲课的时候也没有准备相应的道具。而且，不同诊断方法对病种也有选择性，这个与现代医学不同仪器诊断不同部位疾病有着相似之处，而非一有疾病所有的四诊都要重视，应该有所侧重。就像现代医学检查肺部疾病多用X线而非B超一样，中医也认为'杂病重脉，温病重舌'。这其实是界定了不同病种对'四诊信息'的倚重程度，说明历代医家在这方面也有考量，但目前我们在这方面的研究并不多。而且虽然我们现在也开展了不少中医客观化的研究，但现状是绝大部分中医师不会像认可心脏彩超报告一样认可这种中医客观化的脉诊等检测结果。"

"张老师，那您说现在进行的中医证候生物学基础研究还有意义吗？"

"有，而且意义重大！"张老师说着轻轻吹开杯中聚拢到嘴边的茶叶，慢慢呷了一口，继续说道，"清·郭淳章在序《辨证录》时说'证见乎外者也，人之虚实、寒热，伏于内者不可知，见于外者显可辨'。随着科技的进步，上述'不可知'者部分变得可知，但如何将这些'可知'为中医学所用并转为中医学语言，又成为摆在中医学面前的一道科学问题。随着中西医结合研究的深入，以及引进现代生命科学技术对中医证的本质进行研究，越发体现出中西医在症状之外，必然要在微观层面上发力才能找到结合点，于是中医微观辨证和辨证微观化的概念应运而生。沈自尹院士提出，所谓微观辨证，即在临床上收集辨证素材的过程中引进现代科学，特别是现代医学的先进技术，微观地认识机体的结构、代谢和功能的特点，更完整、更准确、更本质地阐明证的物质基础，从而为辨证微观化奠定基础，是用微观指标认识与辨别证。而辨证微观化，则综合了多方面微观辨证的信息，结合中医学传统的宏观标准，并通过临床方药治疗的反复验证，以期逐步建立辨证的微观标准，并用以指导临床实践，简言之，即探寻各种证的微观标准。微观辨证依然是在中医学思维指导下的辨证论治，其目的是延伸中医四诊，使得中医辨证信息客观化，从微观水平找出反映证的客观指标，一定程度补充中医学宏观辨证的主观性强、定量分析困难、统一标准难以形成的问题，在宏观原则下发展微观辨证，在微观基础上丰富宏观辨证。除上述作为外，微观辨证还适用于有病而无证的'无证可辨'、有若干症状而未能构成证的证候不太明显、证候复杂以致辨证困难等三种情况,一定程度弥补了辨证的不足。这些研究无疑都是中医学和中西医结合的重大收获。"

第十八章

灯花结

【楼阴缺,栏干影卧东厢月。东厢月,一天风露,杏花如雪。

隔烟催漏金虬咽,罗帏暗淡灯花结。灯花结,片时春梦,江南天阔。(宋·范成大《秦楼月·楼阴缺》)】

七月十号这天，庄稼人盼望已久的这场雨眼看就要下了，我高兴之余却又生出一丝担心，因为两个月前我就约了青译今天一起去扬州玩，且说好在县城车站见面，之前不论发生什么事情都不允许打电话通知对方。我把黑伞塞在腋下，拿了几件换洗衣服，匆匆穿过杞柳林踏上了去县城的公交车。到了县车站买了两张到扬州的汽车票，就站在高大的银杏树下等青译。郯城是我国最具盛名的六大"银杏之乡"之一，粗大的银杏树遍布县城街巷各处。

"银杏生江南，以宣城者为胜。树高二、三丈。叶薄纵理，俨如鸭掌形，有刻缺，面绿背淡。"我伸手抚摸着这些被称为"活化石"的银杏树，脑中不禁浮出《本草纲目》中关于银杏的描述。"或凿一孔，内雄木一块，泥之，亦结"，这不就是现在所说的嫁接吗？所以如何将中医专业术语转化得通俗易懂，在文学作品中讲述中医学或中医人的故事，让中医药文化融入琐碎的日常生活中，用不那么严肃的面孔来讲述我们的中医药文化、宣传中医药文化等就显得尤为重要。

正想着，就看见青译姗姗而至。我迎了上去，张开双臂紧紧抱住了她。许久，才听见她在我怀里小声地说："我以为你又会来晚，天阴得那么重。"

"怎么会呢，我的小傻瓜！"我说着轻轻刮了下她秀美的小鼻子。

因为那个扬州大学的研究生朋友要做实验，忙着毕业，在他把我们接到扬州大学附近的宾馆，请我们吃了顿饭，留下一张扬州地图后就去忙自己的事情了，这也正合我们的意。我躺在一张床上，侧着脸看着忙前忙后整理行李的青译，一张素手帕束着柔顺的头发，淡黄色夕阳的光晕使得她周身散发着光芒，隔着窗吹进扬州带着瘦西湖水汽的凉风，"轩窗避炎暑，翰墨动新文"，此刻我动的却是心。

第十八章 灯花结

我将一瓶竹叶青酒和几个菜盒放在桌子上,青译将她随身听的一只耳机塞进我的耳朵里,"我能想到最浪漫的事,就是和你一起慢慢变老……"我跪蹲在她的面前,支着脑袋静静地看着青译。青译随手拿起一颗葡萄塞进我的嘴里,我将一杯放了一片银杏叶的竹叶青递到青译的手上,竹叶青清醇甜美,一如眼前的青译。

"青译,你知道我为什么在你和我的杯子里各放了半片银杏叶吗?"青译的黑眼珠在眼眶里转了半圈,没有回答。我接着说道,"站在郊城街头的银杏树下,我突然想起了歌德的那首诗《银杏》,他用银杏叶来比喻两个恋人亲密无间的关系。'它可是一个有生的物体/在自身内分为两个?/它可是两个合在一起,/人们把它看成一个?//回答这样的问题,/我得到真正的含义;/你不觉得在我的歌里,/我是我也是我和你?'"

吃完饭,微醺。"青译,今晚在我房间里看电视,聊天吧,别回你的房间了。"我走到窗前伸手轻轻拉上奶白色的窗纱。

青译没有说话,伸手从包里摸出一盘磁带递到我手里,"我要送你一盘磁带,里面有两首歌《为爱痴狂》和《最浪漫的事》特别好听,希望你也能喜欢。"

"嗯,我一定好好收着,等到我们结婚的时候再把包装打开,在婚礼上我们一起听,一起演绎我们自己最浪漫的事,你今晚就睡我旁边的这张床吧。"

"不行,今晚我睡你这张,你睡门口。"

我一听,有戏,贫嘴道:"噢,你个小坏蛋,让你男人睡门口,也不怕被别人捡去。今晚我们就睡在一张床上。"

"你敢?看我收拾你。"青译说着翘起了小嘴,两只小拳头也握得紧紧的。

"好好,那你现在就收拾我吧……"说着我一把将她拥入怀中,顺势压到她的身上,摆正她的头,慢慢地说:"青译,你真漂亮!"说着把脸向前凑去,青译娇羞地闭上了眼睛,我的唇却停在距她的唇几厘米远的地方不动了。她等了一会儿,慢慢地睁开眼睛,无辜地眨了两下,伸手揪住我的耳朵,娇嗔道:"哼——敢耍我!"说完另一只手使劲地咯吱起我来,我笑着从她身上翻下来,她就势压到我身上,双手轻轻卡住我的脖子说:"快快求饶,你个大坏蛋!"

"谋害亲夫啦——"我笑着说,双手抱住她的头,亲了一口。她紧身T恤的领口处露出一片雪白,黑色的文胸带子也在刚才的打闹中散开了,我的心中充满了渴望。她也许感到了我表情的异样,一朵红霞爬上了她的脸庞,她从我身上滑了下来。

"青译。"我扭头轻轻叫了一声。

"干吗?"

"青译。"我又叫了一声。

"有话就说,吞吞吐吐的。"她说着转过身来面对着我。

"我想看看你的那里!"我轻轻吻了她一下,用手指了指她的胸部。

"不行!"她说完害羞地又扭过头去,身体颤抖着。

"好青译,好老婆,就看一下嘛!"我轻轻地摇着她的肩膀,声音嗲嗲的,求了又求,她闭着眼睛点了点头。此时我的手却像脱离了大脑的支配,木木的,但就在我触到那片洁白的一刹那,一股电流传遍了我的周身。

洁白的天山下,一望无际碧绿的草原平坦地铺向了远方。一个红衣少年骑着一匹黑色儿马行于朝霞,鞭梢响处,只只山羊像朵朵云彩般滚向天边。空气中弥漫着野性的山歌带着天山雪莲的芬芳……

第二天一早,青译早早地过来敲我的门,拉着我到扬州大学淮海路校区的餐厅里吃了个早餐,就坐车赶往扬州郊区的汉广陵墓。在正殿,我终于看了所谓的金缕衣,隔着玻璃静静地躺在我的脚下,周边有着暗黄的光,"劝君莫惜金缕衣……"说着我转头望了一眼身边的青译,她依旧低着头看脚下的金人,嘴中轻轻念道:"劝君惜取少年时,有花堪折直须折,莫待无花空折枝。""有花堪折直须折!"我重复了一句,抬头又看了一眼身边这个满面含羞的姑娘。

再往下走,就到了陵墓的墓室,到处是从墓里挖出的陪葬品,正中是棺椁,周边是所谓的黄肠题凑,我不知道这个词是什么意思,在昏暗的灯光下走在"吱吱呀呀"的竹制吊桥上,让人心里毛毛的。我说下去吧?青译看了一眼忽明忽暗的地下宫室,迟疑地点了点头。黄肠题凑的外周留有一米左右的供参观的通道,仅有的这窄窄的通道也不时被伸出的木头挡住,不知为什么我们去的时候里面空无一人,连说话都带着回音。我突然在一处木头后藏了起来,看着青译慢慢地走着……

回到市里,已是华灯初上。打开电视,"怀旧剧场"频道刚好在播放根据路遥同名中篇小说改编的电影《人生》。《人生》这部小说我俩在高三的时候就读过,而且都曾被感动得稀里哗啦的,但看电影却是另一番感触。由于已经知道结局的残酷,所以在看到巧珍站在村口小石桥头,一只手拉着高加林的包,深情地说:"加林哥,你常想着我……你就和我一个人好……"背景音乐《叫一声哥哥你快回来》响起的时候,不知怎的,鼻子里酸酸的。我看见青译低下了头,眼镜的镜片上亮晶晶的，看起来像巧珍出嫁时望见高加林家那眼破窑时流在红色盖头上的泪珠一样令人伤感。我伸手揽住她的肩头，青译对着我勉强一笑。

当电影画面定格、片尾曲响起的时候，青译转头问我："青桐，你是如何看待高加林的这种选择呢？"我抬起头，看着旅馆窗外这条喧闹而孤独的街，长长地叹了一口气，回答道："从感情上说，我比较同情巧珍，但从现实上讲，加林也没错，符合大部分人的价值取向。毕竟他们不属于一个知识层，共同语言不多，就像电影里描述的那样。我想即使他们结合了，以后的日子可能也不会幸福的。"

青译听完默默地低下了头，突然问我："你毕业后直接读研究生还是先工作？"

"读研究生。"我不假思索地答道。

"哦，我专科 3 年，你本科 5 年，再加研究生 3 年，就比我晚工作 5 年了。"听见青译低沉的声音，我知道自己又说错话了。我为什么不能哄哄她呢，哪怕就这一次？我鄙视我自己的没心没肺。在黑暗处，我使劲地掐了自己的大腿两下，强迫自己从所谓理性的轨道回到感情上来。尽管这以后我尽己所能地讲了很多笑话，也始终不见青译高兴起来。

青译无声地躺在我旁边的那个床上，我小心地出去，买回两瓶纯净水，问她渴不渴。她轻轻地摇了摇头算是回答。我自己喝了一口，躺到另一张床上，也许由于太累，也许由于今晚话题的重要与沉重，不一会儿我竟沉沉睡去。不多时，就感觉青译在轻轻地摇我的肩膀，说："青桐哥，去洗澡啦，我刚洗完。"我很不情愿地到卫生间冲了个澡，穿了睡衣出来，青译一看，害羞地低下了头。我走过去，一把把她娇小的身躯抱在怀内。这时青译却紧紧地抱住了我,不让我动弹。我轻轻地叹了口气,听见青译在我的胸前喃喃地说:"青桐哥哥,答应我,那个事,等到结婚那晚。"我感觉胸前湿湿的。

四月的古运河涨满碧绿的春水,胎毛未褪的乳黄色小鹅浮在上面,操着一对红红的小脚掌划啊划的。几串杨花从空中跌落,水中荡起一圈圈如黛的涟漪,慢慢地消失在不远处的河岸。

这时,天亮了……

我无声地披上衣服,轻轻打开房门,一个人走上阳台。一株老槐树浓密的叶将霞光切得细细的铺在我身上。我背靠着墙,脑中一帧一帧地放映着昨晚的一切。我不敢说自己有多么的高尚,但我不觉得后悔。不管怎么样,我们把持住了青春期的最后一道防线,为自己保留了那份憧憬,也为青译留下了"身本洁来还洁去"的资本。我想如果昨晚真的做了那件事,今天早晨我就不会这么轻松地站在这里回想昨晚的事情了。两个人之间的感情每进一步,你就必须为之承担更进一步的责任,比如因为做了某事确定了二者实质性的关系,比如领了结婚证,比如拿到了孩子的出生证明等。这些既是对当下的定位,也是对未来某些行为的约束。我闭上眼睛,脑中回荡着青译明年就要毕业了,而我两年后才能大学毕业,还要读三年研究生的事情,青译说得很现实,这五年的时间差确实是一个大问题。

我带着这样浑浑噩噩的思绪,和青译一起在扬州待了三天。回到郯城后,我把青译送上她回家的汽车,并且在她踏上汽车的第一个台阶时还吻了她。我待在原地,手中拿着青译送我的纸扇,看着汽车慢慢地驶出我的视线。纸扇上有她请她的书法课老师书写的诗句:身无彩凤双飞翼,心有灵犀一点通。看着,我突然心里一阵难过,我曾经那么热烈地想过第一次目睹和抚摸一个处子胴体时的美好，可现实又给了我怎么样的感受？我不是个精神恋者，可我现在却如此强烈地鄙视自己曾经对于肉体的向往，我愿超越自我，从此告别对肉体的渴望。爱情起于内心那份微妙的感觉，爱情有些时候又止于肉体。肉体的结合或许不是爱情的升华，而恰恰是爱情谢幕的开始，爱情由此向生活转变，慢慢地柴米油盐代替了花前月下，爱情也如蝉蜕一样完成了自己的使命。也许，你会对我说，老年人的相濡以沫是一种爱情。我却要说那可能不过是一种超越血缘关系的强烈的亲情，是对于两个人所选择的生活的一种强烈的认同，仅此而已！

第一次，我和青译分别后，带着莫名的悲伤与困惑返回家中。

虽然那天早上我站在老槐树的疏影下对肉体表达过如此强烈的厌恶与鄙视，但当我一个人站在杞柳林中给柳条除草或施肥的时候，萦绕在我大脑的仍是那晚一些记忆的零星画面，并在大脑中将它们一遍又一遍地组合。当我感到那些现实中的画面不足或略显单薄时，我就用电视或电影中的画面做补充。这时如果你看到一个21岁的青年掩在一汪碧绿之中面对着婀娜的杞柳发呆，请不要诧异。你要明白一个男孩面对想象中爱情的纯洁与肉体的唯美，和现实中对肉欲的追求与强烈的堕落感交杂在一起时内心的困惑与挣扎。

我站在杞柳丛中，远处的风带着杞柳皮的苦涩味道迎面而来，已经长到一米多高的、柔嫩的杞柳枝条招展着拥在我的四周。远处，哪怕一阵微风过处引起的一波杞柳绿潮的微小涟漪也要引得我发好上一会儿呆。我想入非非，拿出随身的望远镜，耐心地调着焦距。枝条割了运回家，用两根钢筋夹着挤掉柳皮，剩下纯白的枝条靠放在村口小石桥的护栏上等待着风把它们吹干，明晃晃的阳光照在它们的身旁非常耀眼。这时我又想到了剥离处子最后一件衣服时羞涩的纯美。我用手轻轻抚摸着白色的还流着汁水的鲜柳条，我的心又一次开始强烈的悸动。

"涉江采芙蓉，兰泽多芳草。采之欲遗谁？所思在远道。"

村口合欢树下的河水仍在悠悠地流淌着，我搬了把小板凳坐在渠边，看着鸭鹅戏水，又忆起那晚在扬州的情景，于是找了张纸。

"踏碎一地月光，弄乱梧桐疏影；循声二十四桥，却入广陵佳境……"

第十九章

凝眸处

【香冷金猊,被翻红浪,起来慵自梳头。任宝奁尘满,日上帘钩。生怕离怀别苦,多少事、欲说还休。新来瘦,非干病酒,不是悲秋。

休休。这回去也,千万遍阳关,也则难留。念武陵人远,烟锁秦楼。惟有楼前流水,应念我、终日凝眸。凝眸处,从今又添,一段新愁。(宋·李清照《凤凰台上忆吹箫》)】

回到学校，或许是由于环境的变化，我突然不敢肯定暑假的一切是不是真的。我想去核实，但当我拿起立在图书馆西墙角的公用电话时，手却变得犹豫了。昨晚下了一夜雨，鲜亮的绿叶被雨水打落在地上，让人心疼。我踩着这些绿，让双脚来感受这清晨雨水的丝丝凉意。学校不大，思绪烦乱时能去的地方更少，或许电子阅览室是其中之一。打开QQ，"思菊"灰色的头像在闪动着，是昨天的留言。她说她们班级集体到济南黄河大桥，看到了上次我和她说的老槐树，浩浩汤汤的黄河水和捕鱼的小船在西沉夕阳的映照下如梦如幻，可惜她和她宿舍的同学们有很多话说不到一块去。最后一条信息，她半开玩笑地对我说，经过一个假期还真有点想你呢！听你说话感觉你是一个很有思想的人。

我也半开玩笑地说："斯图尔特曾说想法是一种通过文字表达，但并不给出建议的精神产品；思想则是一种阐述两个以上的想法之间的关系的精神产品。所以，根本谈不上是一个思想，对你来说我顶多算是一个'思绪'，你正带着这个'思绪'看落日余晖千里长河。"打开电子邮箱，有一封来自青译的未读信件，是放假前青译从她们学校给我发的，信里青译详细地描述着假期见面后在扬州游玩的种种细节和这个假期后我们爱情的升华，事无巨细地设计了几天扬州生活的安排，还郑重其事地让我思考对于她早我两年毕业参加工作的看法与打算。从假期分别到现在已经有近两个月了，青译给我打过两次电话，我没有主动联系过她一次。我知道青译的性格，她一定会伤心地哭泣的。边思考边走着，耳机中又响起《叫一声哥哥你快回来》的旋律，我心中一酸！

有多少次，你邀请我到你们学校玩，我都没有答应，一次次的爽

第十九章 凝眸处

约让你在你同学面前没有面子。你宿舍别的同学过生日，鲜花礼物摆了一宿舍，可你呢，一个问候的电话还得由你先给我一个提示，然后再回宿舍等着。人家的男朋友请你们舍友吃饭，你本该回请，可我却远远地躲在济南，连面也不见一次。你说你曾以我的名义请了她们一次，第二次请的时候她们都不乐意了，你的回答只有叹息。你说你没有怨言，因为真正的爱情都是奉献的。

今夜，我又一次让你哭泣了。

再一次听到你略带沙哑的声音。来吧，今年五月，我们好好逛逛济南，好好到大明湖畔、到千佛山、到趵突泉、到灵岩寺，再到泰山看日出，去拍一些照片。记得至今你我唯一的一次同框还是高中时的毕业照。打完电话，又想起在扬州那晚青译束头发时用的素手帕，记得《中华古今注》中有"隋大业中，炀帝制五色夹缬花罗裙，以赐宫人及百僚母妻"的记载，如果青译用的是夹缬花手帕束发会不会更漂亮？想到这里赶紧去水师东路的"蓝夹缬"艺术品店买了一块手帕给青译邮寄过去，感觉心里轻松了许多。回学校的路上，我想青译不会不理解我邮寄这方花手帕的意思吧？我或许再见面时应该给她唱一下这首《山歌》："不写情词不写诗，一方素帕寄心知。心知拿了颠倒看，横也丝来竖也丝，这般心事有谁知？"

别的学校不知道怎么样，我们学校的饭菜品种和味道是稳定性十足，但吃多了总是会腻，去小饭馆又不是我目前可以消费得起的，于是就想起了近在咫尺的其他院校食堂。咨询的结果是：建工学院的菜最便宜，同样菜品的价钱是我们学校的七分之四，师大的馒头仍是两毛一个，济水艺术学院的稀饭是免费的。于是我和袁浩天商量后决定，以后每次放学吃饭，先跑1000米到建工学院买上一份菜，回来的时候沿文化东路西行500米从水师大北门进，买上两个馒头，穿过水师大酒店后顺着水师东路南下1000米，至经十一路路口右行500米，坐在济水艺术学院的食堂，与有艺术品位的女生共进午餐，餐食有艺术学院免费的稀饭、建工学院的菜品和师大的馒头，同时还相当于跑了3000米长跑锻炼身体，岂不一举多得？

可是这个上好的计划还没有落地就胎死腹中了。当晚，辅导员在例行班会上宣布了学校的"非必要不出校"规定，重申了"非典"的传染性和防控措施。又听小道消息说本市其实已经有了一例患者，就住在离我们学校不远的医院，云云。不过就当日及次日的报纸看，一切不过是谣传。我们学校本就不大，这样一封闭就更显得局促了！我站在高高耸立的综合楼的阴影中，透过铁栅栏看着昔日繁华的经十路，一片早落的枫叶显得触目惊心。这时我才真正感觉到明代医家龚信在《古今医鉴》中一句"众人病一般者，乃天行时疫也"背后的沉重与压抑。

学校也不再允许举办大规模会议，"名老中医经验介绍会"这个系列也在一个隆重的开幕式后被无限搁置了。每周两次的电影也取消了，待在学校除了学习便无事可做。当然，也可以帮助去煎煮和派发中药，学校依据《非典型肺炎中医药防治技术方案（试行）》公布的一般健康人群服用的中药处方，购置了苍术、白术、黄芪、防风、藿香、沙参、银花、贯众等中药，煎煮后每日两次分发给大家服用，7-10天一疗程。

"我们都封校了，你们呢，青译？"在校园里无趣地转了两圈后，我还是停在了一餐门前的那个简易电话亭前，拨通了那个熟悉的号码。

"我们也封了，听说火车都不让坐了，看来今年'五一'你那是去不成了。"听得出她很是伤感。

"对，'非典'是一种传染性极强的呼吸系统疾病，其三种主要的防控措施就是'控制传染源、切断传播途径、保护易感人群'。所以现在限制乘坐公共交通工具。"我话音未落就听那头传来一声沉重的叹息声。我抬起头看着躲在楼角的几株梧桐树，也陪着青译叹息了一声，接着说道，"还有机会来济南的，我五年呢！"

"明年我就毕业了，你说我回咱们县城教书怎么样？听说咱们县人民医院的医疗水平也挺高的。"我听完没有作声，青译继续说道，"我给你邮寄的东西收到了吗？"

"还没呢，估计是每到一个站点都要进行消毒，一会儿打完电话我到收发室看看。你收到我邮寄的东西了吗？"

"嗯？那块手帕啊，收到了。你怎么会单单邮寄这一块手帕，什么也没写呢？"

"信写了，忘记装进去了。"我听出青译并没有明白我用心准备这个夹缬花手帕的意思，内心稍稍有点失落，就当即撒了个谎。"你邮寄给我的东西，等我收到后和你说啊。"

"好的，我室友回来了，我先挂了，等你电话。"我听到那边传来忙音才挂了电话，忽然发现话柄上贴着一张纸条"此话机本日已经消毒，请放心使用——校学生会"。它不写我倒忘了，看完纸条我赶紧跑去水龙头那，把手洗了又洗。

第二十章

汤响松风听煮茶

【梦回寒月吐层崖,汤响松风听煮茶。倚树恐惊残雪堕,起来不敢嗅梅花。(宋·于石《净居院遇雪》)】

"中国哲学所关注的，是人生命的原初情态。中医学临床在几千年的发展过程中形成了独特的关于医生、患者以及二者之间关系的认识，这些认识在不断的调整过程中适应和促进了中医药的发展，有些定位和关系的处理至今依然被奉为圭臬。陶格斯认为对病名的'物化'造成了现代医学认识论上的局限性：对于现代医学来说，诊断结论一经作出，病人即退到疾病之后，人为的病名概念变为真实存在，而病人的生活、情感、历史和经历则被略去。中医学则不论诊断结论作出与否，依然关心的是患者这个'人'，是服药后'人'的表现与感觉，并充分考虑'人'的生活、情感等，且以此来推断病机的变化，在疾病的整个过程中证候诊断的流动性和个体化治疗就是最好的体现，更不用说阴阳、表里、寒热、虚实这些辨证和疗效术语所具有的明确指向'人'。之前，咱们讲过中医辨证论治的特点，那你们知道中医在诊病的时候最大的特点是什么吗？"张老师看来并没有想让我们回答，自问自答继续说道，"说是特点也好，是门户之见也罢。但我觉得于赓哲教授总结的还是有一定道理的，他认为传统医患关系决定了他们（指医师）习惯从他医手中'接手'，而不习惯于与他医'携手'。其实咱们在具体临证中也总会发现，但凡有一点名气的中医师一般都不太愿意患者拿着之前用过的处方来找他'抄方'。沈自尹院士提出'中医诊治疾病的水平参差不一，关键就在构思的水平上。譬如一个病人经过几位老中医看过，有时会得到完全不同的处方'。这个时候，你拿着前一位医师开的方子，极大可能是不入后一位医师法眼的。不入法眼的原因可能是这些方药的使用并不契合他的中医诊疗思维体系。"

"为什么会出现这种情况？现代医学这方面的差异好像就没有这么大。"柳杞儿依然率先发问。

"现代医学差异不大,原因在于它的诊断要素中客观指标占了很大比重,虽然现代医学也有临床诊断学,但要得出明确的诊断,后面的实验室诊断、影像诊断、功能诊断等也是必须跟上的。一般来说,现代医学在这方面的差异主要体现在医院医疗设备的水平、医师的整体认知水平,而中医学则不仅限于此,其中还有诊疗思维的差异。"

"这样说,好像中医学对应的是现代医学的临床诊断学层面,张老师,我这样理解对吗?"

"似乎对,但是又不怎么对。之前咱们聊过四诊信息所获得的症状、体征不仅是中医学古今对接的依据,还是中西医结合天然的、主要的契合点。但也要明确,中医学这几千年来一直在观察总结人体疾病的宏观表现,积累了丰富的中药'人用经验',相比起现代医学,中医学在对症状等四诊信息的把握上有着更为丰富的实践和理论经验。拿脉诊来说,其实在早期的西方医学中脉诊也曾占据过一定的重要位置,16世纪有西方医家曾经说过'不论现在或未来,脉搏都是医学中最重要的部分',但现实却是西方医学关于脉搏的分析如今基本无人问津。即自1902年之后,西方所谓'脉的艺术'已经从临床医学中消逝了,但在中医学中脉诊却被延续了下来,形成了《素问·经脉别论》中所谓的'气口成寸,以决生死'。Fields A 在1947年的时候将其描述为'他们(中国医师)仅凭脉搏就能确定疾病位置的近乎不可思议的能力'。中医药学家任应秋先生曾专门指出'中医的证候决不同于西医的症状,中医的证候,完全是施治用药的标准,而现代医学的症状,不过是描写病人的异常状态,殊非诊断治疗上的关键'。所以,对于同一个症状来说,中医学和现代医学得到的信息可能并不完全相同。但随着中医学对现代医学诊断学认识的不断加深,一些好的方法也被加以引进和吸收。比如当中医师发现患者病情较重或诊断困难时，他也会让患者去做实验室检查和影像学检查等，纵使这些检查结果从目前看可能还无法直接指导中医辨证用药，但最起码可以对患者病情做一个系统的评估，避免出现急危重症等延误患者施治的情况。中医药学家姜春华先生曾发现，当某些疾病造成阴虚后，如疾病已过去（热性病），采用辨证，进行养阴治疗有效；如病一直存在（癌、结核、肝硬化），虽则辨证仍属阴虚，养阴治疗往往少效，甚至无效。这就是现代医学相关检查对中医学的辨证论治的贡献之一。

当然，如何赋予这些客观指标中医学上的意义，是我们近些年研究的热点。比如在20世纪80年代中医学对辨'四诊'所得的症状等信息进行了延伸，提出辨证论治的依据为患者或家属的自诉、医生的'四诊'和实验室检查结果等三个方面。继而提出'微观辨证'和'辨证微观化'，即用微观的理化指标参与认识与辨别中医学证候，评价治疗效果。这点正如中国中医科学院孟庆云教授所提出的中西医结合是由辨证论治的发展开始，是理论的补充和诊治方法的丰富，大大增益了辨证论治的能力和普适性。"

"那张老师，中医学经过这么长时间的发展，其对四诊信息的把握是不是已经炉火纯青？还用再进行相关研究吗？"我接着问道。

"人体和致病因素的复杂性决定了医学发展的无止境，不是说你研究了'司外揣内'几千年就可以停一停了。马克思在其《资本论》中说'如果事物的表现形式和事物的本质会直接合而为一，一切科学就都成为多余的了'。这句话也同样适用于疾病。所以我们在几千年的中药'人用经验'基础上还应该继续进行相关临床试验和基础研究，以便提供高级别的证据。黑格尔在其《逻辑学》中提出'规律不是现象的彼岸，而是为现象直接固有的；规律的王国是现在世界或现象世界的平静的反映'。同样，中医学的辨证就是患者刻下状态的反映，是患者宏观外在的'规律'。但一如靳绍彤教授所指出的，现象与本质之间存在如下三种关系，即现象遮隐着本质、现象歪曲地反映本质、现象可以直接反映本质。如何正确抓取正确反映本质的现象是中医大家之所以成为大家的决定性因素之一。

请牢牢记住马克思曾讲过的话，'一物的属性不是由该物同他物的关系产生，而只是在这种关系中表现出来'。中医学经由望、闻、问、切四诊，通过证候创造性构建了医生感官与患者表现之间的复杂关系。同样，现代医学也基于自身理论体系，建立起了至少包括检体诊断、实验诊断、临床放射诊断、医学影像、功能诊断和症状诊断等在内的一整套诊断体系。中医学和现代医学虽然采用的方法、选择的路径不同，但其研究治疗对象的一致性决定了二者存在结合的可能。中医药学家岳美中先生曾提出'在辨证论治规律的临床运用中，不仅要辨证候的阴阳表里虚实寒热，还要进而辨病、辨病名（包括中医和现代医学病名），辨识疾病的基本矛盾所在'。"

"张老师，我突然产生了一个疑问，有没有可能出现现代医学检查某人罹患了某病，但从宏观方面却看不出来呢？类似平时觉得好好的，体检却发现了问题那种，中医学怎么处理呢？"

"柳杞儿提的这个问题非常重要，也是目前中医学界迫切需要解决的问题之一，说到底还是中医诊断学如何拓展和深化的问题。说起中医诊断学，患者都会不自觉地想到脉诊。但说到现代医学诊断学，大家又不约而同地想起实验室或影像学检查，至少是那个挂在医生脖子上的听诊器。似乎在部分患者心目中，以脉诊为代表的四诊成为中医固有的和唯一的诊断方式，否则便不道地。不可否认，自中医诊疗体系确立以来，望、闻、问、切四诊即成为中医诊断的正宗，被历代医家奉为圭臬。如《史记·扁鹊仓公列传》载'意治病人，必先切其脉，乃治之……心不精脉，所期死生视可治，时时失之'而且这种诊断方法也在患者心中树立了绝对权威，如《世说新语·术解》记载了一段对话：'浩问其故，云：有死事，终不可说。诘问良久，乃云：小人母年垂百岁，抱疾来久，若蒙官一脉，便有活理。讫就屠戮无恨。'

但随着社会的发展和科技的进步，一些之前中医四诊感知渺茫的细微病理变化被检查和呈现出来，在促进疾病诊断更加客观化和规范化的同时，出现了部分无症状或症状不明显的疾病诊断；尤其是对部分传染性疾病来说，无症状感染者可能还具有不同程度的传染性，对这部分疾病的防治意义重大。现代医学在症状学与症状诊断、体征学与检体诊断基础上，率先引入并融合现代科学技术，形成了电生理学检查及其诊断、内镜检查与内镜诊断、实验室检查与实验诊断、影像学检查与影像诊断、病理学检查与病理诊断等综合诊断方法，并进行互参。相较之下，中医学的固有诊断与现代生命科学技术的结合相对滞后。当然，历史上中医重视四诊的主要原因是四诊可以真实地反映患者机体内在的病机和病理变化，可为临床治疗提供有效依据。但无症状疾病尤其是无症状传染性疾病的明确诊断，为中医辨证论治带来了新的挑战。好在中医在证候实质的探索与研究上从未止步，也取得了一定的成绩，比如形成了根据现代医学的检测结果的性质比对宏观证候的性质进行辨证用药，可资借鉴。

当然，在这个过程中一定要明确中医四诊的主体地位。在中医诊断体系内，四诊作为医患间传统的信息交流媒介，奠基于《黄帝内经》

《难经》，发挥于《伤寒杂病论》，充满着自然辩证法的法则，其基本原理是'以我知彼，以表知里，以观过与不及之理，见微得过，用之不殆'。原中医研究院专家咨询委员会委员、中医药学家沈仲圭先生认为'祖国医学之菁华，荟萃于辨证论治，而辨证之始，必然是对病人所观之临床主、次症状加以入细地搜集、归纳、鉴别、分析，由表及里，见微知著，把握病机。无症则无以谈病，无病证则无从辨证'。中医药学家王永炎院士则进一步指出'《内经》司外揣内的诊断学模式'为'医生以其主诉的症状为线索，四诊合参，应用中医理论，进行必要的分析判断，就可以确立诊断和治疗方案并可判断病势的善恶顺逆，探索疾病的演变规律，预测疾病的预后转归'。即中医诊断作为一种唯象的宏观辨证诊断法，认为'疾病变化的病理本质虽然藏之于内，但必有一定的症状、体征反映于外。通过审察其反映于外的各种疾病表象，在医学理论的指导下进行分析、综合、对比、思考，便可求得对疾病本质的认识'。经过几千年的临证反馈和理论分析，中医四诊日臻成熟，达到了中医能够藉由脉搏之术非常成功地诊断并治疗某些极为难缠的疾病的目的。正是这种诊断结果的正确性，使得四诊成为中医临床不断发展和永葆活力的压舱石。

但是，我们还是应该争取创建中医实验诊断学、中医影像诊断学等，作为中医四诊的必要补充。中医四诊虽然奥妙无穷，但也并非毫无缺点。中医药学家秦伯未先生曾指出辨证论治不能与四诊分割，而四诊本身亦以症状为依据；方药中教授认为中医的辨病论治是建立在经验的基础上的，几乎完全是以临床表现为依据，即中医四诊收集到的临床信息主要是包括舌象、脉象、症状在内的宏观征象。但有时候宏观征象并不能准确反映疾病本质，因为不论对于中医学还是现代医学，都存在同一种疾病出现不同症状、不同疾病出现同一种症状的现象。同时对那些症状不明显或无症状可辨的疾病要更加注意。比如理想的哮喘控制，不仅是对哮喘临床表现的控制，同时也是对哮喘炎症和其他病理生理状态的控制，不能仅根据患者的症状来决定用药。中医除'下有渐洳，上生苇蒲'，有诸内必形诸外的思维方式外，古人对患病机体内部到底产生了什么变化，其实也是有意一探究竟的，如《史记·扁鹊仓公列传》所载'扁鹊以其言饮药三十日，视见垣外一方人。以此视病，尽见五藏症结，特以诊脉为名耳'，提示依据客观的疾病内在病理变化也是中医诊断疾病的思维方法之一，但需要将这种病理变化转变为中医学特有的语言，以适应辨证论治的需要，即所谓'特以诊脉为名耳'。

现代中医对疾病的实验室检查、影像学检查、病理检查等现代生命科学的手段方法并不陌生，但多将之视为现代医学的检测方法，用作判断患者疾病的良恶预后以决定治疗手段，并未赋予其过多中医临床辨证要素的意义。而患者对这些指标的运用也存在着矛盾之处，其在诊断时希望中医仅凭'望、闻、问、切'四诊甚至仅凭脉诊即明确其疾病所苦，但在疗效评价时却不自觉地引入这些客观指标以审视中医水平的高下。而且现在已经产生了数量众多的中医证候客观化的研究结果，尤其是随着系统生物学技术的引进，为复杂中医证型的客观阐释提供了可能。如果说在各项现代化诊断技术出现之前或在其并不完善的时候，我们还可以选择忽略，那么在各项技术和证据链不断完善的今天，则有必要去吸收相关研究成果，形成中医微观辨证指标群，并在后续的试验中不断完善。不仅参考相同器官或部位所产生的其他疾病的同名证型研究结果，同时借鉴该病出现症状时的证型客观化研究结果，将证背后隐藏的特异性和非特异性指标找出来，形成以微观指标为参考系的无症状疾病中医分型诊断条目，作为临床用药的参考。你像沈自尹院士牵头制定的《中医虚证辨证参考标准》就在1982年版基础上修订为含有现代科学指标的1986年修订版。"

"张老师，您怎么记得这么多名老中医和他们的观点啊？真是佩服。"

"读书，看杂志，青桐。现在虽然有了网络检索功能，你可以根据你的想法进行检索归纳，但我仍然建议你们每个月都到阅览室去翻阅新出的杂志。诸如《中华中医药杂志》《中国中西医结合杂志》《中医杂志》等中医类杂志及其英文版，《中华医学杂志》《中华内科杂志》《中华结核和呼吸杂志》等现代医学杂志及其英文版，以及'New England Journal of Medicine''Lancet'和'The Journal of the American Medical Association(JAMA)'等世界顶级医学期刊。先看目录，再看摘要，最好每期逐篇看。因为检索是带着研究目的的，是你'想得到'的内容，但每期看则能发现你'想不到'的内容，可以检视目前的研究进展。同时，我要向你们推荐一本很好的书，那就是《山东中医学院学报》编辑的《名老中医之路》，这本书对我有很深的影响。中医药学家姜春华先生曾谆谆教导：'现在看来，趁年轻记忆好，读熟了后大有用处，这也可说是学习中医最初的基本功。'所以，从你们一入我门下，我就给你们列了读书目录和读书方法，不要以为你们理解就好了，无须背诵，其实对于中医经典著作来说，背诵、熟读和简单理解之间的差别很大。国医大师路志正先生结合自己的读书和临证经历重点强调了背诵和理解之间相辅相成的关系，所谓'读书百遍，其义自见'。"

第二十一章

春风自在梨花

【留春不住,费尽莺儿语。满地残红宫锦污,昨夜南园风雨。

小怜初上琵琶,晓来思绕天涯。不肯画堂朱户,春风自在杨花。(宋·王安国《清平乐》)】

我们学校阅览室规定读者是不能带个人物品如背包、图书等进入的，起先是阅览室的老师在门口放了几张桌子，让大家把随身物品按次序摆放在上面。后来因为出了一起包被错拿的事件，学校基于"一切为了学生"的办学宗旨，当然也是舆情使然，便购置了一批铁皮小柜子，放在每个阅览室的门口以方便学生，但并不提供小锁。

我的习惯一般是先到一楼综合书库借了书，才顺道到三楼的电子阅览室，所以基本上每天我都要在兜里揣着一把小锁，进阅览室前就把书锁在柜子里。封校了，大多数同学除了学习并无其他地方可去，因此我每次上网基本上都可以遇见她——思菊——真名叫陈鹊的那个女孩，我们现在除了没有见过面，几乎无话不谈。

思菊：哎呀，你说我们都知道对方就在同一间电子阅览室，为什么不站起来相认一下呢？

琴童：你还是只把我当成一个虚无缥缈的"思绪"好了，我不想被谁伤害，更不想伤害别人。

思菊：你还是叫我真名鹊鹊吧，可你现在已经伤害到我了，害得我晚上失眠。

琴童：若真如此，以后咱们少联系。

思菊：你能？我们现在彼此都了解了那么多，我知道你有一颗孤傲的心，我感觉我们还是很聊得来的，我喜欢你的幽默与玩世不恭的语调。

琴童：对于一个个体来讲，除非极少数的成为他朋友的人，其他人对他来说基本上就是一个"思绪"，来了走了，笑了哭了感动了，其实都不重要。因为我已经把最好的一面呈现给你了，我愿意保留在你心中的那份美好。

> 思菊：为什么？我想给你写信，我觉得你不了解我。
>
> 琴童：没问题，goodies@yahoo.cn 是我的邮箱，以后……
>
> 思菊：不是电子邮箱，要不你告诉我你叫什么名字吧？
>
> 琴童：好吧！

我想了一下，还是说个小名比较周全，因为在学校还没人知道我的小名。

> 琴童：我叫樊人杰！
>
> 思菊：那你是哪个班的？我给你写信！

这，我想了一下还是觉得不说为妙，要不然，她肯定会猜到我是谁的，因为我这个姓在学校非常之少。

> 琴童：不用了，这样吧，电子阅览室门口不是有几排铁皮小柜吗，从明天开始我们启用那个从上往下第三排、从左往右第三列的小柜子。以后你我有什么信，都可以直接放进去，彼此有时间了就去取，如何？
>
> 思菊：可我没有钥匙啊，你当面给我？
>
> 琴童：不必了，我自有办法。
>
> 思菊：你呀，这么谨慎就没意思了。

下了机，取了书，我顺手把锁锁在那个说好的柜子上，把两把黄铜小钥匙中的一把从钥匙链上取下来，放在手心，静静地看了有一分钟，握紧了，边下楼边想，放哪呢？我首先跑到靠图书馆一楼东墙的明代著名医药学家李时珍的石膏像前，四处摸了摸，觉得不安全。落地大钟正对着图书馆的大门不方便，厕所的抽水马桶上……一个女生也进不来……瞎想着，就又转到了楼梯口，向上一看，有了。原来在二楼的楼梯拐角处，挂了两块名人字画的牌匾。我走过去，四周看了一下没人，迅速将钥匙放在牌匾后面的底部木框条上，轻轻松开手，果真放住了，再轻轻一掀牌匾，"咣当——"一声，钥匙落在了地上。

"嗯，这个可以。"我自言自语道。刚好此刻没人，我三步并作两步，快速把钥匙放在牌匾后面，退回到楼梯口满意地确认了可行性。确认完后，我赶紧回到电子阅览室，把QQ设为隐身状态后才登录给思菊留言说明这个事情。但一琢磨，这样她也不一定能找得到，于是又跑下楼去，把那块匾上的字一字不差地记录下来又给陈鹊发了一个信息。"就是上面写着'夫为医者，在读书耳。读而不能为医者有矣，未有不读而能为医者也！——《医灯续焰》'的那块后面。"

回到教室一想，似乎还有不妥，应该在柜子里面放点东西，最起码说好的报纸应该放进去几份，毕竟人家第一次打开这个小柜子，空空的不好，不能让人家失望。于是到周晋陇那挑了几份最近的《中国青年报》《中国教育报》什么的，把自认为好的文章用笔标了，并适当加了些自认为精彩的评语，又去师生服务部买了一本信纸，撕下一页写道："陈鹊，送几份报纸，没事少上网，多看看新闻，心境就会豁达许多。我以后有时间会每隔几天给你送一次。樊人杰。"写完把信装入信封压在报纸上，塞进小柜子。

隔天打开电脑就看到QQ上陈鹊给我留言："谢谢你的报纸，我给你写了信，请查阅。"看罢，我立即关了电脑，走出阅览室，来到小柜前，左右看了看，没人，才用有点颤抖的手打开那把小锁，又一次有了小时候没有完成作业却利用这个时间偷偷做了一件坏事而怕被老师发现的感觉。里面静静地躺着一个大信封，信封上还压着一个苹果。我拿过苹果，用手擦了一下狠狠地咬了一口，把信揣在怀里。我要找个僻静的地方去读这封署在"樊人杰"的姓名后打了第一个勾并写了日期的信件，代表她给我的第一封信，就像我给她的第一封信的时候在她的姓名后面打一个勾和写了日期一样，我打勾的时候没有和她说，她竟然也明白了。

  樊人杰：

  姑且让我先这么称呼你吧，其实我对你的名字是有些怀疑的，你邮件的自动回复设置怎么署名樊青桐呢？我想让你再告诉我一遍你的名字，因为这对我来说很重要。

  我诚挚地感谢上天让我与你相遇，放心，我从没有奢求过要从你那得到什么。我只是一个普通的女孩子，没有什么优点，谢谢你对我的夸奖，这份心意我非常感谢。我发现你也是一个感情非常炽热的人，平静的心湖下藏着烈烈的岩浆。也许，你选择的这种交流方式是正确的。

  我现在心里也挺满足的，虽然我没有见过你，但你却给我的生活增添了丝丝色彩，尤其在这个"非典"不让随意进出校园的日子。就算我们的相遇只是流星般的一瞬间，我也会永远铭记你的。记得有句话叫知音难求，有你这样的一个知音——或者如你所说的一个"思绪"——我又"夫复何求"？

  但有些时候我也很感慨，就像加姆扎托夫在他的一首诗中所描述的："我俩在同一条轨道上转圈儿，只是你我有不同的速度，我像分针那样奔跑。你像时针那样踱步。"

鹊鹊
周四夜

我靠在爬满青苔的墙上看完了信，心里有一种莫名的感觉。除非过程就是目的，目的就是过程。否则对我来说，和陈鹊的交流是没有什么其他目的的。在我心里，和陈鹊所有的关系就希望维持在书信和文字的交流上，一如之前在远方交了一个笔友。但我的内心又是矛盾的，期待着她的信写得再长一点，但又害怕她的信写得很长。因为信一旦很长，那字里行间夹杂的东西就复杂了。我一个人漫无目的地走在学校昏黄的路灯下，灯光穿过绿得诱人的杨树叶洒落下来，照得我疲惫的身影忽长忽短、忽前忽后、时有时无。我跳过路边的那排冬青，进入蒗园，坐在袁浩天那天坐的位置上。一转头就看见宋玉拿着洗漱用品在蒗园旁边的小路上走来，一问是要去洗澡。我想洗澡或许是解除忧虑的一种方式，就和宋玉相跟着来到澡堂。

我们学校就一个澡堂子，男生一、三、五，女生二、四、六。领了钥匙，打开小柜，宋玉的表情突然呆滞，像木雕泥塑一样夸张，嘴巴张得大大的。我伸手拍了一下他的光脊背："怎么啦，傻了？"

"一个奶——奶罩！"那两个字在宋玉的嗓子里艰难地转了几圈，终于被弹了出来。

"我看看，"我说着随手拿起那个文胸，一阵清香伴着黑影冲到我的面前，文胸的正前有两个小小突起的痕迹。

"怎么会把奶——文胸忘了呢？"宋玉说着，面色深沉。

"我怎么知道，你留着吧！"我随意说了一句。

宋玉用手试了试，说："不行，这个太大了。"

宋玉说出这样的话，我狠吃了一惊，于是接着他的话问道："那你喜欢什么类型的？"

宋玉沉思片刻，刚想伸手比画一下大小，又收了回去，于是我俩就以诚相见了。"我就喜欢我女朋友……"宋玉说着，打开了喷头，哗哗的水声淹没了宋玉的话，我的脑海中却浮现起柳杞儿还是谁的身影，周身披撒着淡淡的月光……

第二天宋玉请袁浩天帮着写了个招领启事：

招领启事

各位同学（女）：

你们好，鄙人昨天下午在学校洗澡堂洗澡，在33号小柜发现一件黑色文胸，望有丢失者速前往五号楼416室认领。

联系电话：6537
联系人：宋同学
周四

宋玉把招领启事贴出去了，虽然"招领启事"在校园引起了不大不小的"轰动"，但并不见有人来认领，宿舍的电话一天看上无数遍也不见响起。于是，那个文胸便一直扔在宋玉的床上。谁知第二天，宋玉便被老师叫到了办公室。

"宋玉，你过来！"老师说着，好像想起了《登徒子好色赋》里的宋玉，抬头看了宋玉一眼，"你叫宋玉？都是大三的人了，校规规定不准在宿舍留宿异性，你不知道？"那个老师说话时表情严肃，眼睛定定地望着宋玉，希望宋玉能从那双严厉的眼神中找到属于自己的那份羞涩与悔意！

宋玉莫名其妙而又受了很大委屈的样子，对着那双严厉的眼睛说："老师，您的话我有点不太懂。"

"不太懂？"这话说得很出乎老师的意料，"装得倒是挺无辜的！看你是不见棺材不掉泪！"老师说着伸手从桌子抽屉里拽出那件被装在透明袋子里的黑色文胸，"这是什么？查卫生时在你床上发现的。你怎么解释？"老师脸上露出证据在手，不容狡辩的神态。

宋玉一看，原来是这件事，脸上就露出了笑容，不过宋玉的这种笑容是很释怀的那种。他如此这般地把事情的来龙去脉和老师讲了。最后用办公室的电话把夏婉叫到办公室，并且让她把那张贴的招领启事也撕来！夏婉敲门进来，女老师先看了看她的胸部，又看了看那件文胸，问："这个是你的吗？"

夏婉立即红了脸，"老师，不是我的，我哪能用这号的呢？"当然这话不是从夏婉的口中说出来的，而是老师和宋玉从夏婉脸上的红晕和起伏的胸脯中读出来的。女老师便不再说话。

宋玉一看，给夏婉使了个眼色。夏婉一把抓住那个文胸，转身走了。宋玉看着老师："老师，我现在该怎么办？"

"去追呀！难道还等着我去给你追？"老师说着双拳握紧，做了个刚毅的动作。宋玉知趣地道了谢退了出去。

至于那个文胸，在校的一段时间我们都不得而知。在毕业分别时我们宿舍的最后一次聚会上，夏婉从包里取出那个黑色文胸，递到宋玉面前，说："宋玉，这个还给你。以前你总嫌我管你太严，以后我也管不了你了！找个比我好的女孩，好好待人家。谢谢大学几年你对我的照顾，我很高兴能和你一起度过这几年，一个女孩一生中最美好的一段时光……"夏婉话至此已是梨花带雨，宋玉也是泪眼婆娑，弄得我们心里也不是个滋味。当然，夏婉在大学期间严管的其实不是文胸，而是宋玉的行为；毕业后给宋玉的就不仅是一个文胸，还有几年的感情。自是后话。反正当时对贴文胸招领启事这件事，全校的反应是"甚嚣，且尘上矣！"

第二十二章
心似双丝网

【数声鶗鴂,又报芳菲歇。惜春更把残红折。雨轻风色暴,梅子青时节。永丰柳,无人尽日花飞雪。

莫把幺弦拨,怨极弦能说。天不老,情难绝。心似双丝网,中有千千结。夜过也,东窗未白凝残月。(宋·张先《千秋岁》)】

很明显，我并不是喜欢陈鹊这个人，只是对她的文采与思考的深度有些许欣赏，觉得和她交流会有利于拓展自己的思维与看待问题的视角。现实中我爱的是李青译的单纯与温柔，欣赏的是柳杞儿的优雅与从容。另外，之所以会和陈鹊进行这样的交流，或许也和"非典"期间不让随意进出校园有关吧。就像孙悟空在地上画了一个圈，时间久了，你总是希望能在这个圈内找到一个可以倾诉聊天的对象。因为彼此的背景是相同的，所以对方随口说出的一个词，在你心里可能就会展现出一个完整的事件，或许这就是心领神会。我渐渐习惯一上网就能遇见她在线，或者一打开那个小柜子就能看见她来过的痕迹。我发现陈鹊确实是那种读了很多书，又喜欢深入思考的学生。当然，这或许由于彼此间的不了解，就像年夜饭时隔着玻璃窗突然看到暗黑的天空升起一朵烟花，无形中就放大了这份绚烂。

今天下午吃了饭，抄写完当天该背诵的《伤寒论》等中医经典内容后，又对着袁浩天的录音机背诵了一遍，录下来，然后耐心地听完，再把背错的内容修订一遍，就来到了电子阅览室，打开QQ，陈鹊也在。

琴童：你在哪呢？

思菊：综合楼五楼练习计算机呢，今年我报了二级C语言。

琴童：噢，那你忙啊。争取一次考过。

思菊：我今下午给你写了封信你看了吗？对了，你叫樊青桐吧？我上次给你发电子邮件，发现有自动回复，而且署名樊青桐，我猜这才是你的真名。

琴童：嗯，是的，我确实叫樊青桐，人杰是我的小名。信我拿了，还没看。我也给你写了一封，你一会儿练习完了过来拿吧。

其实我并没有去拿信，因为一天前，我才刚收到她写的一封信。

第二十二章 心似双丝网

听她说完这话，我赶紧下机来到门口的小柜子处把信取了，又跑到学校第二餐厅买了一瓶鲜橙多放进去，转身静静地靠在柜子前方约两米远的栏杆上休息。这两天也不知是楼道的感应开关坏了还是灯管坏了，放置小柜子的这个转角处灯就没有亮起过。我在黑暗中的栏杆前站了约莫有二十分钟，就感觉有个女生上来了，直奔那个柜子而去。冥冥中我感觉她就是陈鹄，此时距离我大约两米距离，可是她并不知道她后面站着的就是樊青桐，甚至她都没有感觉到自己身后站着一个人。我屏住呼吸，静静地看着黑暗中陈鹄的背影，很苗条。我是就这样看着她离开呢，还是叫她一声？抑或静悄悄地走过去，站在她背后吓她一跳？但是我为什么要这么做呢？如果她是李青译，在这个场景下，我肯定会悄悄地走过去，从背后抱住她……我还没有考虑完，耳边传来下楼的脚步声，陈鹄走了。我迅速打开小柜子，取出这封还带着陈鹄指尖温度的信。

樊青桐：

以后我就这样称呼你吧，我感觉这才是你的真名。我刚从同学那里拿到这种信纸，和你的是一个版本。

今晚我去电子阅览室待了一会儿，看能不能遇见你，结果没遇见。我想和你聊会儿，因为快要考试了，我们很快就要忙得不可开交了。我从你的信中看出你对我的安慰和鼓励，我明白你的意思，我是一个很看得开的人。我一直说自己是个普通女孩，就是怕你把我想得太好了，等哪天见了说我说谎，也会令你失望的。

你说的关于鹊鹄和湖水的传说令我感动，鹊鹄飞越那片池塘时又何曾想过会在这儿留下它的身影呢？而且如你所说的还是美丽修长的。除了我国古典文学，我之前看的现当代文学基本上都是国外的，像《战争与和平》《静静的顿河》《红与黑》《呼啸山庄》《悲惨世界》等，诗歌看得不多，有印象的诗人像裴多菲、巴拉丁斯基等不多的几个。《平凡的世界》我读完了。现在想来那天你说得对，现实中有很多这样的不幸，而这也正是一个平凡人的生活，没有哪个人的一生是平平坦坦的。我最感动于李向前失去双腿的那个情节，得到了梦寐以求的润叶却失去了双腿，这个人到底是幸福还是痛苦呢？

以后大家可能要忙点了，课程繁重，还有你最好把英语六级在大学期间过了，当然若有可能，也可以抽时间去考个驾照，所以聊天的时间可能就少点了。虽然遗憾，可是我们有我们的约定啊，尽量周六去上网。不过写信倒是挺好的，一有时间就给你写吧！

鹊鹊

我一个人坐在图书馆的报刊阅览室看信，眼前不时浮现出刚才站在陈鹊身后的一幕。我在想，当时我为什么没有叫住她或者悄悄地走到她背后吓她一跳？如果我真的叫住她或者她转头看到背后的樊青桐被吓了一跳之后，她又会有什么反应呢？是惊愕，是大叫还是转身离开？我一手压在信纸上，一手的两个指头捏着睛明穴。只一刻钟，我的眼前突然又跳出李青译的身影，依旧是那么苗苗条条可可爱爱的样子。我把信慢慢装进信封，放进裤兜。突然非常怀疑自己的控制力，会不会把握不住这件事的发展方向？可是又想不过是庸人自扰，"菩提本无树，明镜亦非台。本来无一物，何处惹尘埃？"

此刻，我坐在宿舍开始检视自己。电话铃突然响了，是柳杞儿。

"你是不是会写诗啊？"

"……"突然被柳杞儿这样一问,我倒不知该如何回答。

"咱们学校不是最近搞了一个绘画作品大赛吗,受到我最喜爱的本草著作《本草品汇精要》里面插图的启发,我画了一幅油画参赛,但是我想是不是同时配一首诗好一点?让袁浩天来抄写。"

"嗯,就是——"说完,我突然觉得自己有点鲁莽,万一画的是抽象派,我都看不懂还怎么写啊。但一言既出,怎么好意思改口呢,何况在柳杞儿面前。

"太好了,我觉得我的画画得不错,我想你能懂我的表达。还有,今天早上我晒被子,结果不知道被谁错拿去了,你说咋办?"

"没事,没事。"我还沉浸在刚才写诗的话题中。

"是啊,你没有事,我该怎么办呢?"

"今晚我们去网吧通宵?我们宿舍袁浩天、钟三麦也去,柏望春通过计算机的二级考试,对大家的触动都很大啊,都要在周末去通宵练习。"

"那你可别不安好心啊,小心我让张老师收拾你。"

"不去就算了,何必小人之心呢!你去了明天我送你一床被子。"

"果真?"

"君子一言,驷马难追。"

"'质胜文则野,文胜质则史,文质彬彬,然后君子。'你是'文胜质',还达不到君子的要求。但是我今晚相信你一次,要是明天不给我被子,我就到张老师那去告你欺负我。"

早晨8点多,我们迈着慵懒的步子走进学校。柳杞儿扭头问我:"被子在哪?"我指着栏杆上又挂得满满的被子说:"那不都是嘛!你自己去挑一个干净的吧。"

柳杞儿惊讶地望着我。我还以为她要训斥我一顿呢，没想到她竟说："这样不太好吧？我可不敢。"

我一看柳杞儿的表情，知道她仍在犹豫，于是走上前去，仔细地挑了一床，叠好抱着，帮她送到楼下，说："给，这个就是你昨天晒的那床被子。"柳杞儿狡黠一笑。这床被子是我昨晚嘱咐宋玉，让他今早将这床被子放在指定的位置的。这床被子自学校发下来我就没用过，我只是在被子的角角上用红色的圆珠笔写了小小的三个字：步行者。是的，如果注定毕业之后大家再不能有多少机会相见，能让我的被子陪着柳杞儿度过剩余几年的大学生活，我也就知足了。但我后来得知，宋玉拿被子下来晒时，正遇见夏婉在宿舍门口等他。

我们学校附属医院的门诊楼正对着大门，穿过门诊楼是病房楼B区，B区再往后就是病房楼C区，我们现在实习的这个科室就在C区的二层。穿过被藤蔓遮盖了的甬道，站在二楼的医生办公室窗户往外看，就会发现B区和C区之间是一座花园，里面有十几棵竹子，三棵樱花树，五株高大的青松和两个红顶的凉亭，其余的无名花草难计其数。

我写完今天的病程记录，站在阳台上远眺，休息一下眼睛，才发现花园里的各种枝条开始舒展起来，樱花们也粉嘟嘟地怀着花孕。远处，高大的杨树此刻也正在扬花，条条雄花序像"毛毛虫"样落在地上，看到有人轻轻地踩上去，啪啪的响声特别悦耳，让人不由心生陶醉。我正沉醉在这春的温暖与万物复苏中，就接到柳杞儿打进科里的电话，让我过去帮她一起转移一个病号，在病房楼的A区。刚赶到C区和A区的连接处，就看到柳杞儿和家属一起推着一张床，柳杞儿艰难地控制着病床的方向，我赶紧过去将她换下。送到十三楼的泌尿外科回来，

第二十二章 心似双丝网

电梯里空空的只站着我们俩了。我叫了句："柳杞儿！"

"干吗？"

"不干吗，你这身白大褂还挺修身啊，很有韵味。"

"你是不是想说我穿着医生这身白大褂，很有魅力啊？"

"何止有魅力，此刻的你简直就是魅力本身了。"我随手把电梯调成了专用状态，所以从十三楼到二楼它就是我们的专用电梯。

她说："人家要用呢！"

我说："不是还有其他三部吗？何况现在也没什么人"

她故作害羞状，说："你想干吗？"

我说："不干吗，这样不是很快，还没人打扰？"

她说："恐怕你是另有所图吧？"

我说："这你都看出来了，是英雄所见略同吧？"

她说："去你的，就你还'英雄'。有时间到我们科里来帮我写病历呀！"

……

第二天，青译打电话来说自己已经实习了，在我们县城的一个学校，还告诉我现在的孩子真的很难缠啊。我说："那可能与他们父母的教育方式有关吧，也可能是你还没有孩子，没法真正去感知一个孩子。到时候，我们有了孩子，估计会有不一样的教育效果。你负责塑造心灵，我负责他身体健康。"青译一听，在电话里发出鄙视的声音，开玩笑地说："你就好好吹吧！"那晚和青译聊了有半个小时，真的好开心。后来，我想如果我能和青译同时毕业，并在一个城市找到工作，那大概我们所有的故事都要重写了吧？但作为一个普通人，我们恐怕连规划并完整实现自己哪怕两年内和工作生活目标的能力也没有吧！

"徐苇丛要走了，"袁浩天坐在我的床头带着伤心的表情问我，"你说我是不是应该送她点什么？毕竟——"袁浩天停住了。

我接着说："是啊，毕竟人家那样爱过你！有时候我都替徐苇丛感到委屈，人家哪点配不上你了？你要是再不在她走的时候表示一下，我觉得她会恨你一辈子的。"

我说着，流露出失望和鄙夷的表情，谁知袁浩天突然拉住我的手说："我也是这么想的，要不明天你陪我吧，去给她买点东西，晚上我请你吃饭。"请吃饭的事，我当然得干了，但是到了之后我立马就后悔了，因为我忽略了一点，袁浩天其实请的是徐苇丛。

那一个晚上，徐苇丛说出了憋在心里快三年的话。徐苇丛说每次看见可乐，就想起自己生病那次袁浩天给她送的中药，那个中药也是装在可乐瓶子里，她那时觉得自己是最幸福的，当时她虽然特别想把中药配合着西药一起吃，但还是坚持只吃袁浩天给她送的中药，好在第二天症状就缓解了，其实对于某些疾病中医也并非慢郎中。那个晚上，他俩好像压根就没注意有一个"灯泡"存在似的，在我面前觥筹交错，语意悲切，后来都红了眼睛。我一看这样不行啊，就和服务员说了一下，出去帮他们叫车。结果一直向前走了有800米，才在路口叫到一辆出租车。但当我回到酒店，却不见了他们的踪迹，服务员和我说他们在十分钟前结账走了。为这个事情，我在以后的两年里，问了袁浩天不下十次，可是袁浩天对此总是讳莫如深，只是在一次上课的时候将一本清代医家陈修园所撰的《灵素节要浅注》递给我，我打开书签的位置，一句画了红线的话映入我的眼帘："能养我者，亦能伤我也。"

第二十三章

松竹环居耐岁华

【炉煨榾柮雪煎茶,松竹环居耐岁华。窗外玉梅疏弄影,助人诗兴两三花。(宋·金朋说《冬日幽居》)】

"咱们之前系统探讨了中医学的辨证论治，今天我们来讨论一下中医学处方用药的定性和定量问题。前几天，樊青桐还问我为什么有些古代医书中的处方没有剂量，即使有剂量其计量单位也是两、钱等，临床中应如何考虑用药的剂量等问题。我发现你们这届学生在中医药的学习上都比较敏锐，善于发现问题。当然这些也是中医临床辨证论治环节中的重要一环。

我在讲课中也说过，'中医不传之秘在剂量'，和青桐说的一样，翻阅中国古医籍不难发现，少部分中医复方标有药物组成却没有注明药物剂量，或虽写有药物剂量但并不确切，如'马齿草一束''上研匀，和稀米糊丸如皂角子大'。翻阅近年来制定的疾病中医药诊疗方案、共识或指南，发现其中部分也是只给出了复方的基本组成，并未提供确切剂量。而且通过对比相同疾病的病例报告与诊疗方案，也发现大部分医家在进行中医治疗时并未严格按照诊疗方案推荐的剂量开方。那么，中医在几千年的发展过程中是怎样看待方药组成与剂量的？影响方药组成与剂量的原因又有哪些呢？我觉得以下几点需要引起我们的重视。

首先，中医处方要抓核心病机。对于疾病来说，病因是致病的根源，病位是发病的所在，而症状则是病情的具体表现。中医药学家秦伯未先生认为重要的环节在于治疗症状不能离开病因和病位，因为病因、病位是本，症状是标；并据此总结出中医的处方公式为病因加病位加症状。目前一些中医师方子越开越大，见症加药，似是考虑周全，但往往疗效平平。明代医家张景岳将这种现象概括为'凡遇一证，便若观海望洋，茫无定见，则势有不得不为杂乱而用广络原野之术'。药症相应的前提和基础是方证相应，迷于表象，抓不住主要病机，就很难做到'以我知彼,以表知里,以观过与不及之理,见微得过,用之不殆'。病机是症状出现的主要机理,症状是辨证论治的主要依据,但辨证论治不等于辨症施治,里面有一个辨证推理的过程。在《逻辑十九讲》里,布鲁克斯说'推理是大脑思维的思考力量;推理教会我们认识思想知识是什么,以及它和感官知识之间的区别。推理可以被认为是调配各种能力的精神建筑师;推理能够把人可以感觉到的事物加工成新产品,进而建造出科学和哲学的殿堂'。中医辨证不仅要学会做加法,更要学会做减法,在充分考虑病因的基础上,从一堆复杂的症状中抽提出能体现病证'核心病机'的症状,处方时药味与剂量并重,才可以获得满意疗效即中医花学家李克绍先生提出的由博返约,'就是从全面资料之中,归纳出几个重点,从不同的现象之中,找出其共同的规律'。

其次,把握中药'不可尽解者'。中药的功效与四气、五味、升降浮沉、归经等关系密切。药物寒热温凉四种不同的药性并非中药本身性状的体现,而是由药物作用于机体发生的反应概括而来,是与所治疾病的寒热性质、阴阳盛衰相对而言的;五味是由药物的滋味和通过药物作用于人体的功效概括出来的;升降浮沉反映了药物作用的趋向性,其产生依据与四气基本相同;归经是以脏腑经络理论为基础,以所治疾病为依据而确定的。这些中药的特性与中药理论形成时期所治疗患者的体质和用药后的反应关系密切。随着社会的发展,中药人工栽培成为主要方式,这里面是否存在化肥、农药的不当使用?加之饮食气候、人体体质与平均寿命等的变化以及中西药并用,是否都影响了中药的功效、四气、五味、升降浮沉、归经等特性?这些由患者服药后的反应总结出来并赋予中药的特性是否有群体间差别?应该明确不论什么研究，但凡是基于从总体中抽样数据产生的结果，必定存在误差，这个是不可避免的。所以这也决定了中医药是一个时刻发展着的学科，其临床疗效既包括几千年临床实践中的人用经验，也包括从当代临床实践中的校正产生的部分，历史与当下互参是中医药发展的不竭动力与源泉。

《医学源流论》云：'然一药不止一方用之，他方用之亦效，何也？盖药之功用，不止一端。在此方，则取其此长；在彼方，则取其彼长。'相同的中药经过不同的配伍后，其功效是有所不同的。随着向现代医学唯功效论理念的传入，有人将中药进行西药化的应用，忘记了同一中药在不同处方中功效不同，更忘记了中药性、味、归经理论的意义。对中药仅限于知其'可解者'，一如《医学源流论》中所记载的，'性热能治寒，性燥能治湿，芳香则通气，滋润则生津，此可解者也。如同一发散也，而桂枝则散太阳之邪，柴胡则散少阳之邪；同一滋阴也，而麦冬则滋肺之阴，生地则滋肾之阴；同一解毒也，而雄黄则解蛇虫之毒，甘草则解饮食之毒；已有不可尽解者'，而这些'不可尽解者'则可能是提升中医疗效的关键，需要我们深入研究。

如一患者表现为多发性项部疮肿，红肿灼热，伴有心烦、小便黄赤，纳尚可，舌质红，舌苔根部黄腻，脉象细数，左尺滑。某医师曾施以蒲公英、地丁、连翘、败酱草之类清热解毒药，久治不愈。中医药学家方药中先生分析不效的原因与药物的归经有关，患处为项部，属足太阳膀胱经，膀胱与肾相表里，根据'脏腑相关''病在表者治其里'的理论，应从肾着手治疗，予滋阴降火的知柏地黄汤，2天后好转，7天痊愈。这个其实也反映了中医学和现代医学在诊疗疾病思维上的不同。

再次，要关注初始治疗剂量和维持治疗剂量。中药的使用剂量主要从临床经验中获得，中药剂量的确定可分为初始治疗剂量和后续维持治疗剂量。一般来说，在安全剂量确定的基础上，后续维持治疗剂量主要依据患者服药后的疗效和服药过程中病机的转变情况来确定，如《仁斋直指方论》所谓'用药中病不必尽剂'；《外台秘要》所谓'一剂不愈者，可重与也''麻黄解肌汤，疗伤寒三四日，烦疼不解者方……取二升半，绞去滓，分服八合，以汗出为度'。显然，此处汗出与否是决定调整药量的依据。

中药初始剂量除了依据病情的轻重外，尚可参照方域、年岁、体质、男女等确定。依据病情轻重者如吴瑭在其《温病条辨》中介绍辛凉平剂银翘散方说'病重者，约二时一服，日三服，夜一服；轻者，三时一服，日二服，夜一服'。依据体质强弱者如王焘在其《外台秘要》中载'又，疗伤寒或始得至七八日不大便，或四五日后不大便，或下后秘塞者，承气汤方……取二升，体强者服一升，羸者服七合，得下必效止'。依据年岁确定剂量者如《医学启源》中说'凡治小儿病，药味与大人同，只剂料等差少'，实际操作时需具体情况具体分析。哦，在这我还必须交代几句，就是不同体质的人得了同一种疾病，其中医治疗可能不仅体现在药物使用剂量的差别上，甚至体现在必须使用不同的方药上。如《温病条辨》曾点评药方达原饮说'至若吴又可开首立一达原饮，其意以为直透膜原，使邪速溃，其方施于藜藿壮实人之瘟疫病，容有愈者，芳香辟秽之功也；若施于膏粱纨绔，及不甚壮实人，未有不败者'。

现有有关中药剂量的研究，部分属于描述性和验证性研究，囿于'不可尽解者'，目前所形成的现代科学意义上的中药剂量确定体系并不完善。从整体看，中药剂量依然存在着两层含义，即复方中单味药的单日剂量和复方中单味药的分量比例。中药独特的量效关系决定了中药研究的复杂性。部分中药具有双向调节的作用和功能随剂量改变的特性,即同一味药物会因剂量的不同而表现出不同甚至相反的功效,如麦芽小剂量可健胃消食、生乳、催乳,大剂量则能回乳,但中药大剂量和小剂量的确切临界点依然存在某种程度的争议。

当然,还要知道影响药物剂量确定的原因。中药的质量与产地、采收时间、炮制和煎煮方法等密切相关,这些会影响中药活性成分的析出。现代中医确定中药剂量的方法与古人虽有差别,但仍重在继承,这与中药饮片本身成分的多样性和相对稳定性有关。精确定量中药目前存在困难,一者在于辨证要素的非定量,即能体现证候诊断要素程度差别的内容没有量化;二者是中药本身成分的波动性,与产地、采收时间、炮制和煎煮方法有关。复方中不同药物在煎煮过程中彼此间发生了怎样的相互作用?产出了什么新的成分及量?这些变量如果不能进行量化,药物剂量的绝对定量就无从谈起。还有一个要注意的问题是历史上不同朝代的气候环境、土壤质地、药材质量等并不相同,且与现今有别,这些是否也影响了药物自身的成分构成,随之而来的问题是以哪个朝代的剂量为主要参考?从古至今中药剂量的变化趋势是什么?是否也要分析借鉴当时的气象资料并与现今对比?加之计量单位的古今变化,这些都是需要在研究中予以解决的关键问题。

如果说药物的作用是定量的,而不仅是定性的,那么在面对古人仅给出定性或非现代科学意义上精准定量基础上的定量,我们首先要做的就是确定剂量的产生依据,规范病证的药量和疗程,在'有效'或'有作用''好转'等模糊描述的基础上,明确其到底什么方面有效或有多大的把握度有效。当然,现代药理学、毒理学等的引入为中药安全性的评价做了一个很好的把关。

目前，经过不同学科团队的融合攻关，可以说是在中药剂量的理论研究、临床疗效评价研究、实验研究等方面取得了丰硕的成果，我上面和大家提出的这些问题也正在或即将被一些新立项的课题涉及。在这方面，仝小林教授的工作尤其值得称道。"

第二十四章

今夕何夕

【绸缪束薪,三星在天。今夕何夕,见此良人?子兮子兮,如此良人何?绸缪束刍,三星在隅。今夕何夕,见此邂逅?子兮子兮,如此邂逅何?绸缪束楚,三星在户。今夕何夕,见此粲者?子兮子兮,如此粲者何?(《诗经·国风·唐风·绸缪》)】

樊青桐：

我本以为你能了解我的心意，虽然我没有对你表白过什么。可是从认识你的那一刻起，你的名字，你的忧郁，你的诚挚，以及那颗我个人感觉可能是与我心心相印的心，早就融入了"本我"。每一次与你之间的交流都会在我的脑海萦绕很长时间，而下次上网能再次遇见你就成了我的心结。我有时候真忍不住去上网，去打开那个属于我俩的信箱，想去看看里面有没有你给我写的信或者留言，你有没有在线？而当这些我期待中的事儿一件都没有发生的时候，我总是带着一种失落的心情回来。

你还记得我第一次说出想见你的时候你说过的话吗？你说这样聊天的方式就很好，这是你给我画的一条"三八线"，我怎能轻易就跨越呢？况且从你的话中感觉你们的课程很多，你又要强还要按照自己的计划额外背诵很多中医经典著作。贸然去找你，我想可能并非你喜欢的——除非万不得已我不会这样做，在这种情况下我又能怎么办呢？既然不能为你分忧，我还能再额外给你增添麻烦吗？我知道我只有等待。我现在的时间是相对充裕的，我不知道如果我对你产生感情，甚至是强烈的，我该怎么办？所以我从没有问过你是哪个班的，在哪个教室上课，因为这样只会徒增我想见你的念头，我是一个情感特别强烈的人。

这个黄金周如果可恶的"非典"过去，我肯定要回家了。虽然总想飞离那个生我养我的地方，可经历这么一场风波，不由得又激起我更深的对家乡的怀念和对亲人的依恋。今晚和同学在操场散步，头脑中一直想着你，不知道你是什么样子，我想象中你是瘦瘦高高，温文尔雅的，当然还有那深邃而忧郁的眼神。

第二十四章 今夕何夕

如果可以的话，我最后想引用匈牙利诗人裴多菲在《我的爱情在一百个形象中》中的一段话作为这封信的结尾，'我以一百个形象把你幻想，我的爱情在一百个形象中。你若是孤岛，我愿是帆船，我热情地在你的四周航行。'

鹊鹊草于晚十一点

晚上十点多了，我站在附属医院医生办公室门口的走廊里看完她的信，抬起头，透过楼道窗户，静静地看着历山路上缓慢行驶的汽车和自行车道上的"洪流"。即使文末的这段诗我可以装作不懂，但她在信中所使用的"本我"一词让我心头一紧，因为"本我"是人格结构的最基本要素，受快乐原则驱使、无意识地追求着本能满足。在我心里，她写的这封信即使不用"超我"这个词，也应该用"自我"。因为"超我"代表着道德良心、社会准则和自我理想，而"自我"则是二者的折中，承担着协调"本我"与"超我"的责任。我想既然爱一个人是一种责任，那我现在还要不要和陈鹊继续以这种"笔友"的方式交流下去？再说我自己，也只是想在这个特殊时期从这种交流交往中获得一点点心灵上的慰藉，属于"自我"层面。原来我以为陈鹊也是这样想，可从这封信的这个"本我"表述让我感觉到了事情的严重性。同时也更加意识到，事情一旦从虚拟变为现实或出现这种倾向，问题就变得复杂了。樊青桐，你已经过了弱冠之年，应该懂得自重了，我在心里对自己说。不能再这样下去了，我或者应该给陈鹊写一封长长的信。

边想边踱步就走到了柳杞儿见习的科室，她刚好写完一个大病历首页，站起来和我打了个招呼，我很自觉地坐到她对面。"咋了，这么蔫？看到你在晚报上发的那首诗啦，是写给我的那首吗？"柳杞儿说着，很好看地微笑了一下，顺手将一张报纸递到我手上。报纸上那首诗，是一个月前投的稿子，写的是和柳杞儿一起帮张老师去拿一个材料路过大明湖，看到芙蓉绽放时的感受，名字叫《又见芙蓉》。

又见芙蓉

雁去凉秋来，舟静波徘徊；

残荷湖中映，风载旧事来。

相忆采芙蓉，语迟意浓浓；

朦胧一层纸，红尘戏两重。

柳杞儿还用笔在"朦胧一层纸，红尘戏两重"这句话上打了一个大大的对勾，我微微一笑，心想可能更多的时候隔在两人中间的并非"朦胧一层纸"，而是方向错杂的各种"力"。这种关系更像一堆错杂散放着的磁石，当你试图去理顺这些错乱将它们码放得工工整整，可这些并没有涂上颜色标识磁极的磁铁，在被外力摆放整齐的瞬间，若不是迅速靠近，就是以最大的加速度骤然分离。所以我并没有解释这个虽不是写给她却是写她的诗，只淡淡地摇了摇头。一瞥眼看到柳杞儿在一张旧版弃用的"诊断证明书"上写着：

诊断证明书

门诊号：8888　住院号：88888　患者姓名：樊青桐

性别；男　年龄：22　职业：学生　单位或住址：济水中医药大学

诊断或症状：精神不振，口干咽燥，面色无华，心慌气促，四肢颤动，小便不利，大便溏结不调。——相思病之恋爱综合征。

治疗或建议：结婚治疗80年。

医师：柳杞儿

附属医院

我一看，乐了，提笔把医师栏改成了处方。于是这个诊断证明书就变成了：

诊断证明书

门诊号：8888　住院号：88888　患者姓名：樊青桐

性别：男　年龄：22　职业：学生　单位或住址：济水中医药大学

诊断或症状：精神不振，口干咽燥，面色无华，心慌气促，四肢颤动，小便不利，大便溏结不调。——相思病之恋爱综合征。

治疗或建议：结婚治疗80年。

处方：柳杞儿

附属医院

柳杞儿拿着"诊断证明书"站起来走到我身后，轻轻地拍了我一下，说："哈哈，想得美得很啊。谢谢你的被子啊，毕业了还你，小样，以为我不知道啊。"

"15床新来了一个病人，你先去给她做个心电图。"医生值班室墙上的呼叫器里传来带教老师的声音。我答应了一声，推起心电图机就朝病房5室走去。先前我以为是个男的，谁知竟是一个女孩子，一问才知道是济水大学的，刚上大一。我先采集并记录了患者的主诉、现病史、既往史和个人史等，便切入了正题，我说："我要给你做个心电图，把上衣掀一下。"

她不好意思地望了我一眼，没动。这时她妈进来了，说："医生要给你做心电图，你怎么不动？"说着她放下从家里拿来的生活用品，帮着女儿解开了上衣的扣子。等我抬起头来，吓了一跳，原来她母亲不仅把她的上衣扣子解开了,而且那个文胸也从后面给松开了。我连忙制止。然后我用抖抖的手在她的胸部擦了生理盐水后依次接上电极,我又检查了一遍,一切合乎操作规范。就按动了开关,可是机子却怎么也不走纸,试了几次,汗珠就从我脸上和后背滚落了下来。我说:"你们先等一下,可能是没电了。"

出门后赶紧跑到医生值班室找到柳杞儿,让她来帮忙。柳杞儿过来了,在我曾按过好几次的启动键上轻轻按了一下,那个心电图机竟像狗看见久违的主人一般"吱吱——"地叫着工作起来。做完心电图没多会儿,杨老师就进来了,先给病人号脉、又看了看舌象,转过头来让我也去号脉,我怯怯地说:"这人的脉挺弱的,舌质淡,不会是脾肾阳虚吧?"

杨老师边看着病人边讲道:"此人面色无华,形瘦神疲,纳差,自述月经量少色淡,加之舌质淡、脉细弱。盖由疲劳过度,内伤肝脾,肝不藏血,脾不统血,水谷不化精微,气血生化乏源,兼具恶寒之象。你们说应该怎么治疗?"

我低头思索,这时柳杞儿朗声说道:"老师,根据病人的症状及四诊分析,我觉得应该健脾养肝、调补气血。"

杨老师边点头边走出病房:"对的,应该治以健脾养肝、调补气血,但是又有阳虚,所以还得兼用温补之法。刚才,我在门外听见你和病人的对话了,没有抓住问诊的要点,'知其要者,一言而终;不知其要者,流散无穷',这是《灵枢》中的原话。对这个病人,要考虑辨病与辨证相结合治疗。刚才你和柳杞儿讨论学习脉诊的方法,其实并没有抓住重点,其实这个重点就是中医药学家周凤梧先生很早以前就指出的,'学辨脉的方法,只有多诊脉,单看书是没有用的。'"

第二十四章 今夕何夕

在杨老师分析的时候,我在处方笺上根据中药的功效自拟了一个方子递到杨老师手上,想让他点评一下。杨老师认真地看了看,说:"樊青桐同学看来中药学学得还不错,但是方剂的组方理念还有待进一步深入,中药的方剂不是根据每味药物功效的简单堆积,它有着自己的配伍规律,如《本草汇言》载'主病者,对证之要药也,故为君,味数少而分量重,赖之以为主也;臣则味数稍多,分量稍轻;使则分量更轻,所以备通行向导之使也'。且忌有药无方,不知约方之律。另外,处方的时候如果有类似的经方古验方,最好能在这个方子的基础上合理加减,而不要一味追求自拟,这个事情呢在古代医家也深入讨论过。如清代医家徐灵胎在其《医学源流论》里说'昔者,圣人之制方也,推药理之本源,识药性之专能,察气味之从逆,审脏腑之好恶,合君臣之配偶,而又探索病情,推求经络,其思远,其义精,味不过三四,而其用变化不穷'。意在告诫我们多背经典,融会贯通。"

在杨老师的指导下处理完病人后,我们就拿着《内科学》到医院的学生自习室去,将今天在临床中遇到的疑难问题逐一在书中查阅了一遍,并和柳杞儿进行了简单的讨论。讨论完这几个病人的情况后,我推开窗户,一阵微风带着樱花的清香飘了进来。我说:"这么好的氛围,可惜你没带古筝啊,要不清唱一首?"柳杞儿没说话,抬头望着窗外飘飞的樱花。这时,清新的花香中,多了一缕轻轻的歌声,"我有花一朵,种在我心中……"柳杞儿的歌唱得很好听,有一种除了感情和回忆外并无其他承载的空灵感。那种空灵足以承载我此刻所有的思绪,柳杞儿一转脸看见我痴痴的眼神,停下来问:"一会儿有事吗?"

"没有的。"

"那陪我去一趟泉城广场吧,我要到银座买东西。"

"好啊!"

泉城广场一到晚上可是个热闹的所在,不同爱好的人占据着不同的区域。有年轻的男孩子在玩滑板,有上了年纪的老者腰上缠了红丝带在扭秧歌,还有一群"舞蹈艺术社"的学生在跳街舞,传播着青春灵动的韵律。当看到"舞蹈艺术社"横幅右下角上"师范大学"的落款,我又想起在师范学院的青译来。

"干吗呢,这么深沉?"柳杞儿好奇地看了我一眼,轻轻碰了碰我的胳膊。

"没事,吃个冰糖葫芦吧?"我抬头看见晃动的冰糖葫芦架子朝我们这边走来,"两个冰糖葫芦。"柳杞儿拉着我的衣角挤到跟前。

这时我就觉得自己另一边的衣角被谁用力拽了一下,小偷?我的心里一咯噔。转脸一看,原来是一个小姑娘。见我扭过头来,她说:"大哥哥,给漂亮的姐姐买束玫瑰吧?"我转身看了一眼身边的柳杞儿,她也正在很诧异望着这个小姑娘。我连忙解释说:"哥哥和姐姐不是那种可以买玫瑰花的关系!"可是小孩就是缠上我的样子,拉着我的衣角不放。我笑着说:"再不放手,哥哥可要生气了。"小姑娘知趣地朝右边看了看,放开了我的衣角。

我们终于挤过人群,在广场大屏幕前的石凳上坐下来。高大的垂柳将柔软的枝条搭拂在柳杞儿和我的肩上、脖子上和头上,窸窸窣窣的柳叶摩擦声听得真真切切。我忽然觉得广场上的人群距离我们很遥远,而且觉得广场的空气也瞬间变得暧昧起来。这样一想我就有了一种想轻轻地拥抱一下柳杞儿的冲动,偷偷一看,柳杞儿正挺直了身子坐在那专心地看着远处的大屏幕,睫毛忽闪忽闪的。

正乱想着,那个小女孩又过来了。"哥哥,买一束吧,给漂亮的姐姐。

第二十四章 今夕何夕

"女孩这次换了策略,站在柳杞儿的身旁。我笑了笑也转头看向了大屏幕。小女孩又在隔着柳杞儿的胳膊轻轻地拽我的衣角。我突然大叫一声:"你再纠缠,我可要生气了!"这时不止那个小女孩,连柳杞儿也被我吓了一跳。

第二十五章

桐花半亩

【暗柳啼鸦,单衣伫立,小帘朱户。桐花半亩,静锁一庭愁雨。洒空阶、夜阑未休,故人剪烛西窗语。似楚江暝宿,风灯零乱,少年羁旅。

迟暮,嬉游处,正店舍无烟,禁城百五。旗亭唤酒,付与高阳俦侣。想东园、桃李自春,小唇秀靥今在否?到归时、定有残英,待客携尊俎。(宋·周邦彦《琐窗寒·寒食》)】

在医院忙完，刚回到宿舍就接到青译的电话。"明天我们学校就要解除封闭管理了，估计你们也快了。看来，在校期间这最后一个黄金周可以去你那了。"青译急促的话语中充满着兴奋和期待。

"太好了，到时我去火车站接你，咱们去逛逛大明湖、趵突泉，好好照几张照片。"我也很高兴，心想也许青译一来，有些发生在"非典"期间的事情，就会随着"非典"的消失而消失了吧！

"还剩没几天了，你好好谋划一下我们的行程。别像上次在扬州一样，好几个景点都没去。"曾经给我带来无限复杂情感的扬州之行，在青译眼里也只是少去了几个景点，我还以为她也会像我一样感触颇多。

"亲爱的，没问题，到时候一定让它万事俱备，只欠你这个东风。"

"好，我最近也准备一下，不多说了啊，青桐哥哥。"

挂了电话，我突然后悔已给陈鹊写的那封信。她要回家便回家，我干吗要给她讲那么多关于传染病的知识，什么密闭空间增加传播概率、什么潜伏期和恢复期也有传染性，"非典"都得到良好控制了，我难道真的担心她在火车上被感染？彼岸花的美好恰恰就在于它与你之间有一个合适的距离，有了这一水之隔就让你有一种看得见摸不着、若即若离和随时可能失去的感觉，没有了"彼岸"，也就没有了这个"花"。想到这里我赶紧跑去图书馆，心想还好这封信我放进去不到两小时，估计陈鹊还没去取，但待我赶到的时候却发现小柜子里的那封信已经不是我写给她的那封了。我拿着陈鹊写给我的信，几股复杂的情绪如刺蕨藜藤蔓一般纠缠在我的胸中。

亲爱的青桐：

昨天去上网，没想到你也在线，这次我们又是同在一间房子

第二十五章 桐花半亩

里了,但我却有些紧张了,我仔细地看了电子阅览室里的每一个人,我知道其中肯定有你的面孔,但还是忍住了进一步探究的行为,我想你会不乐意的。

记得明晚的约定啊,多想和你聊天啊!不过你不用担心我会强迫你回答什么,我不会逼你做任何事情的。我只想你能快乐一点,只希望你疲惫的心灵能得到一丝温暖!

鹊鹊急就

我一看完这封信,内心的那团纠缠猛然化作我心头的一悸,我咧嘴倒吸了一口凉气。"亲爱的",她称呼得这么自然?我想今晚如果再不采取什么措施的话,说不定就要坏事了,果真对他人来说"本我"很吓人。要知道一个中药方剂中的"佐药"配伍再精当,也不会代替"臣药",更别说"君药"了。同样,路人、点头之交、熟人、校友、同学、朋友、好朋友、女朋友,这些都是由感情的亲疏和定位不同所组成的群体,各自有着符合各自群体"身份"的语言体系和行为规范。想着,心里烦烦的,看着被风吹到路边堆在一起的几片夏天早落的黄叶,我决定给陈鹊写最后一封回信,既要表明我的心迹,又要给足人家面子,毕竟她也是一个女孩子。

走到教学楼前的报栏边,看到张冬旸正在挂报纸,便过去帮忙,顺便说起了这个事。张冬旸说:"本来友情和爱情就不是一条道上的东西,不是你和李青译因为距离而有点疏远的感情,那个谁和你短暂升温的友情就能赶上的。这个是必须区分开的,除非你的这条爱情跑道上已经空空如也。否则对谁都不好,不过我感觉你好像有点喜欢柳杞儿啊?拿不起,放不下,得不到,看得见。"说完,张冬旸意味深长地看了我一眼。我抬起头,不置可否地点点头又摇了摇头。我心想要是柳杞儿没有男朋友，条件也不是那么好就好了。但是柳杞儿的条件如果没有那么好，对于我来说她还会这么有吸引力吗？再或者我和青译是在一个学校，最起码是在同一年大学毕业，一起为了考研究生而在自习室互相替对方占座……要怨就怨老天，它总是如此爱捉弄人。但当时我站在杞柳林对着高中毕业照看着李青译准备给她写信的时候，她对我的吸引力小吗？"人生若只如初见，何事秋风悲画扇。"本来想下午去图书馆写这封信，可张冬旸非要让我帮忙和他一起去把积累了两个月的报纸卖了。

我知道给陈鹊写这样一封意图斩断过去所有交往的信很难，我必须有一个平和的心态，既不能太急躁也不能再优柔寡断。白天图书馆没去成，只能选择在夜里大家都睡着的时候打着手电筒趴在被窝里写，就像高三那年偷偷趴在被窝里看王安忆的小说《纪实与虚构》。

陈鹊：

你好，我只能选择在这样的夜里给你写这封信，当然，也许写这封信的最佳地点是咱们学校的图书馆过刊阅览室，在这里，刊载在那些著名期刊里的优秀作品哪一部没在当时产生过轰轰烈烈的影响？所有的期刊都以相同的名字连续出版着，也被不断地从现刊阅览室迁移到过刊阅览室。同样，属于"非典"期间我们的那期"刊物"也到了该封存的时候了，我看不清它是花团锦簇的《百花洲》还是肆意而生的《野草》。此刻，我的心情非常复杂。有好多话，我也不知道该怎么说，可是又必须得说。

想想我们初识时，桐花沉紫，雨燕送冬。随之，"非典"的出现让我们在特定的环境下聊了很多。现在，"非典"已经结束，我们也要回归各自的正常生活了，就像许久以前的我们彼此互不

第二十五章　桐花半亩

相识。因为我感觉或许由于非常时期、特定时空的限制，我们之间关系的发展出了问题，友情和爱情本应是两条平行线，此刻却有人没有按照预定的轨迹运行，这让我无法承受，我也没有那份资本。我是一个很普通的人，我不必掩饰。所以我不敢亦不会贸然接受你的爱，你知道爱代表着什么意义吗？

我们可以成为无话不谈的朋友，可不会成为恋人。因为我们的起点是虚幻的网络，这是不实在的东西，就像空中楼阁，再美好的构建也注定要轰然坍塌。我以前好多的话都在推脱，好多年来我都孤独惯了，一个人生，一个人活，我习惯了一种无人打扰的岁月，但愿你能明白。以后我上网的机会可能很少了，目前这种状态已经耗费了我很多的精力，最近我几乎每晚都做梦，可是我真的不想有那么一个人来影响我的生活，更不想去影响别人的平静。"非典"过去了，学校也解除了封闭管理，我们也应该在此结束这种状态。其实我们本可以自拔，可我们缺的是勇气。今晚，我必须和你说明白。

你有你的热情，我有我的爱恋；再见，在"一城泉水半城柳"的济南，纵然以后永不相见。我说过我不过是你一生中众多"思绪"的一种，是不可以靠岸的。我们终究要走在自己的路上，在百花落尽的夏。谢谢你这么多天来对我的倾诉。我的离去是现实的无奈，当初，我只想大家成为一个可以无话不谈的朋友，可没想到事情会朝着这个方向偏移。也许诚如你说的，我们大家都是一个冷酷的冰雹下包裹着的热烈的火焰，总有一天火焰会融化冰雪。可你知道，那融化的液体是谁一往情深而真诚的眼泪吗？我必须选择离开。

或者我曾经说过，我是一片波澜不惊的湖水，湖水里融杂着对天空的渴望。不经意间，一只如月牙泉一样孤独的喜鹊飞过，一瞬间跌落水中留下一串温馨的波纹。但是，喜鹊有喜鹊的未来，湖水自有湖水的沉思，这是两个永不相及的客体。

这一切不过是一个不该有的梦，梦里虽有大家模糊的身影，可是你控制得住自己的梦吗？凌晨一点了，我知道你已经进入梦乡，但愿我不会扰了你曾经单纯的平静。再见了，陈鹊。虽然一面没见，可仍然要说再见。其实在以前或以后的许多年里，我们要与多少自己素未谋面或思念一生的人说再见！

再见吧，在这个清冷的夜；再见吧，在这个岑寂的校。

以后的路还很长，一路走好！

樊青桐
凌晨1点45分

在舍友的鼾声中我写完了这封信，又从头至尾地看了一遍，一用力撕掉后面空白的信纸，在夜半的时候，撕纸的刺拉声吓得我在被窝里一抖。不能在信末留白再来书写和她有关的什么，最后一页纸剩余的几行我也反复折叠几次撕掉。天一亮，我就爬起来，拿着这封信来到图书馆三楼的小柜，看看四周没人，悄悄地将信放了进去，顺手把钥匙扔进了垃圾箱。

第二十六章

偏宜去扫雪烹茶

【密布云,初交腊。偏宜去扫雪烹茶,羊羔酒添价。胆瓶内温水浸梅花。(元·白朴《双调·得胜乐·冬》)】

"前段时间,我让你们和我的几个研究生去学习做实验,我发现柳杞儿对中医药的研究很感兴趣,不止一次在邮件里问我中医药科研的事情,其实对于你们本科生我原是不想多讲关于科研的,但想到你们一年半后也要上研究生了,就先和你们讲讲。关于常识性的内容我不想多讲,这方面有很多专家已经给出答案。我建议你们去读读中国科学技术协会会刊《科技导报》冯长根教授写的系列文章《年轻科研人员如何走向成功》系列,相信你们会有很大的收获。这次我主要和你们聊聊中医药的'求真'之道。"

"'求真'?"

"对,'求真'。现在万事都要求个'真'字,有些患者会说我要找个真中医来给我看病,但或许你去问他内心的真中医是什么样子,他也回答不上来。因为他并不知道何谓中医之'真',更说不上来其间的演变过程。但这个对于社会理解中医学却非常重要。'真'的含义其实是有一个漫长的演变过程。《说文解字》将'真'解释为'仙人变形登天也'。以'仙'释'真',故其本义是仙人、真人。《楚辞·九思·哀岁》曰:'随真人兮翱翔。'王逸注:'真,仙人也。'南宋洪适在其金石学名著《隶续·五君栖桦文》中说六经无'真'字,独于诸子见之。蔡邕作《王子乔碑》及《仙人唐公房碑》,皆有'真人'之称矣。对于道家来说,'真'与'伪'、'假'相对,'伪'的最初含义是'人为','假'者'借'、'代用品'之意,故而'真'的含义指'原物','求真'即'去伪'。这些质朴的认识在方法学层面将中药的范围限定在自然界固有的物质久矣,而且认为越是人迹罕至的地方生长的方物越是具有特殊的功效,比如生于绝壁石缝的灵芝,生于蓝田山谷的玉泉水。'真者,所以受于天也,自然不可易也。

故圣人法贵天真，不拘于俗。'意思就是纯真是禀受于天然的，它处于自然而不可改变。所以圣人取法自然，贵重纯真，不受世俗约束。一如陶渊明《饮酒·其五》中言'此中有真意，欲辨已忘言'，又如《庄子·杂篇·渔父》所载'仁则仁矣，恐不免其身；苦心劳形以危其真'，此处的'真'首先是指天然的本性和顺乎自然的真谛。同时，'真'还是指精纯诚实的最高境界。所谓不精纯不诚实，就不能动人。孔子愀然曰：请问何谓真？客曰：真者，精诚之至也。不精不诚，不能动人。故强哭者，虽悲不哀；强怒者，虽严不威；强亲者，虽笑不和。真悲无声而哀，真怒未发而威，真亲未笑而和。真在内者，神动于外，是所以贵真也。"

"张老师，这个和中医学的科研有什么关系吗？"听到这里我有点不明就里，柳杞儿却忍不住问道。

张老师没有接柳杞儿的话茬，继续说道："与'真'的通常解释相比，中医学具有自己独特的所指与认识。中医药学经典著作《黄帝内经》中描述的'真'一般有如下两种含义，其一为真脏脉的简称，如'太阴藏搏者，用心省真'；其二为'真气'的简称，如'今时之人不然也。以酒为浆，以妄为常，醉以入房，以欲竭其精，以耗散其真'。道家用'真人'代表道德修养的最高境界，如《鬼谷子·本经阴符七术》言'真人者，同天而合道，执一而养产万类，怀天心，施德养，无为以包志虑思意，而行威势者也。'《黄帝内经》则依据养生成就的高低将能够掌握天地阴阳变化规律，善于保全精神的人称为'真人'。如《素问·上古天真论》载'余闻上古有真人者，提挈天地，把握阴阳。呼吸精气，独立守神，肌肉若一，故能寿敝天地，无有终时，此其道生。'

甘源教授在文章指出，篆文'真'从匕、从目，在人的五官中独言目，是因为如道书所云，养生之道，耳目为寻真之阶梯。当然，在中医学则以耳、目、指、鼻为诊断求真之'阶梯'，即四诊合参方为探寻中医药诊断之'真'的必由之路。如黄宫绣至中年则'于医研究有素，能阐真摘要，订伪辨讹'，提出'识病必先明脉理，治病首应识药性'，编纂《本草求真》《脉理求真》，主张'以实处追求，既不泥古以薄今，复不厚今以废古，惟求理与病符，药与病对'。

《素问·金匮真言论》明确提出'非其人勿教，非其真勿授，是谓得道'，意思即提醒不是真正的医学理论不要向人传授，这才是医学传授之道。何谓医学理论之'真'，有人认为'溯自农皇肇起，辨草木以著药性；轩岐继作，明阴阳以著《内经》；至汉末，笃生张仲景先师，上承农、轩之理，著卒病、杂病两论，率皆倡明正学，以垂医统。仲师既没，而经论之道遂失其传，舛谬纷纭，靡所止极，甚且家自为书、人自为学，世之所以赖有医者，反不若无医之为愈。……使皆知医之传有其真，而学以不伪'，清代胡周鼎认为'岐伯巫彭之教，久失其真，其书虽传，皆为后人附托'。显然是将前者即中医药的经典著作作为医学要传承的'真'，而后者则是'伪'。

总的来说，每一个时代的医家都会对中医学经典著作进行阐释，并结合自己的实践结果进行解读和发挥。而且不管前一个时代曾经把中医学经典著作阐释得多么深刻，后一个时代总会有新的、更符合时代语言的阐释出现。可以说只要中医药还在为人民健康服务，就没有谁能把中医药经典著作的阐释工作'完结'。也即无论是以理论阐释理论的'求真'，还是近现代以科学实验阐释理论的'求真'，都存在着很强的时空性，换句话说，在一定时空范围内是'真'，但随着新证据的产生或发现，这个'真'会得到一定程度的校正和补充，甚至会被重写。往往这种方法还会受到研究者所能掌握支配的证据数量、质量甚至个人学术喜好的影响，也受到中医学周边学科的影响。正如有学者指出的，'真'作为一种本然状态，并不意味着它唾手可得，而是意味着人修炼的最高和最终的境界，是一种需要经过艰苦探索和修行才能达到的玄秘境界。有专家指出'真'是指客观事物的本质和自身运动的规律性，'求真'则是指人们通过实践活动达到或无限接近这个'真'的过程。一直以来，我们非常重视中医药作为'技术'层面的研究，所以大部分研究生对于现代生命科学技术和方法掌握得还是比较好的。但对于社会科学等方面的知识却鲜有涉猎。由于知识储备的问题，下面我讲的内容可能不是这么好理解，你们要仔细听听。"

柳杞儿走过去给张老师已经见底的杯子里续上开水，其实这个我也发现了，内心一直在做要不要过去倒水的思想斗争，谁知我内心的斗争还没有决出胜负，和柳杞儿相比这次在张老师面前我已经处于下风了。

张老师微笑着对柳杞儿点了一下头，将摆在盘子里的各色干果朝我们面前推了推，继续讲道："类似于俄罗斯著名文艺理论家赫拉普钦柯在谈论一部古典作品命运与时代的关系一样，中医典籍也存在类似的情况。其一是随着历史的发展，部分中医典籍在指导临床实践、启迪临床思维和药物研发上失去了生命力，在其他方面也乏善可陈，变得默默无闻。其二，中医典籍里的部分理念、观点、疾病治疗和对药物的认识，被后来的医家所转义和再定义，以新的方式作了新的理解，不完全是原作的初衷。其三，中医典籍里曾经首要的内容变得不那么重要，而曾经不重要的内容却变为首要。如在当时被奉为圭臬的急症中医诊疗方法，作为技术在当下变得不再首要，反而这些疗法背后所蕴含的防病治病思想得到彰显。其四是中医典籍的部分认识虽历经千年，至今仍在其本义范畴指导临床。凡此种种也提醒我们，要正视中医药学术'源头'与后世中医药发展之间的差异性。随着部分现代医学和生命科学技术的观念、方法逐渐被吸收至中医药理论书籍的编写，甚至对中医经典的解读也存在着现代文化的明显痕迹，这些模糊了中医药理论传统、经典的本来面目，甚至可能丧失了其原本的含义，在此'画图省识春风面'的做法并不足取。应该借助如发生学、知识考古学等方法从中医药的最初源头去探寻'真'中医药在不同时期的呈现状态，阐明中医药名词术语和概念形成初期的真实过程和含义，即王国维所谓'求之经史，得其本原'的考据求'真'，以达到'懂得了起源，就洞察了本质'。英国哲学家科林伍德指出历史学家必须在他自己的心灵中重演过去，中医史学家马伯英认为，这种重演，不是按照当代人的逻辑思维方式来加以重演，而应当研究原始人的'前逻辑思维'或'原逻辑思维'方式，才能真实地再现历史。这也为我们研究中医药发展历史提供了良好的借鉴。

　　王鸿生教授曾撰文指出，相对而言，古代中国人和希腊人的学术旨趣大不相同，其中最明显的便是其'致用'倾向。这种倾向不仅影响着古代对于'真'的评价，如《太平经·要诀十九条》所言'欲得疾太平者，取决于悉出真文而绝去邪伪文也''文书亿卷，中有能增人寿、益人命、安人身者，真文也，其余非也'。这个真文和伪文的鉴别即根据'效果'的判别，即清代朱彝尊所谓的'考之古，验之今'，是用'有用与否'来鉴别'真文'和'假文'，为后世研究和评价中医药知识之'真'提供了最直接的间接验证法。随着现代医学和生命科学技术的引进，当前学界也难以要求现今的中医医师和患者完全忽视和忘记现代医学的知识，而仅将思考限定在传统中医药的范围，'不知有汉，无论魏晋'。有人在实践中不自觉地将现代医学和生命科学技术用于中医药的评判，如鉴定中药材的真伪、评价中医诊断和疗效水平等。但是在内心却将中医学与现代医学的诊疗方法分列，似乎产生于现代医学或现代医学在使用的诊断及治疗方法不应该被'真中医'使用。即希望借助中医传统的手段和方法，可以同时达到中医学理论和现代医学理论所预期的'双重疗效'，而且在科研上主要以后者的评价为主。恩格斯曾指出，'我们只能在我们时代的条件下进行认识，而且这些条件达到什么程度，我们便认识到什么程度'。因为现代医学和生命科学日新月异，所以基于此进行的中医药研究也就层出不穷，目前俨然成为评价中医药理论和疗效之'真'的主要方法。但以现代医学或生命科学的规范和标准来检视中医学这个伟大宝库，其'查全率'和'查准率'是需要再评价的。"

张老师边讲边翻阅这之前我们的谈话记录——这些记录都是我和柳杞儿录音后整理出来的，用手指着记录中的一句话说："就像上次我请你们一定要记住的马克思的话'一物的属性不是由该物同他物的关系产生，而只是在这种关系中表现出来'。在中医药'求真'过程中，应主动和广泛建立中医药与'他物'的关系，力求将中医药的属性在这个复杂过程中尽可能多地展现出来。目前看来中医药知识'求真'至少包括如下三种，一是明晰中医药本源状态的回顾性'求真'，其真思维、真诊断、真药物以及真概念等到底怎样，在历史发展的过程中经历了哪些变革，出现了哪些里程碑式的事件，并描述其原因。二是基于随机对照试验、真实世界研究乃至动物实验在内的中医药现实状态'求真'。在现代科技视角下探寻中医药的刻下状态，验证流传久远的中医药知识是否'真',此处之'真'关乎诊断的可重复性和疗效的稳定性,以及诊断、治疗和疗效之间的必然联系;当然也不排除用新的方法去解读以前的文献,并从中找到新的东西。三是在现代科技加持下的前瞻性'求真',包括但不限于利用系统生物学、网络药理学、分子对接、人工智能等技术方法产生的传统中医药可能存在但没有明确表达或根本没有涉及的内容。概言之,第一种方式是朝向中医药初始,意在探求中医药本源状态,理解中医典籍文本所呈现的内容并找出和掌握其规律;第二种方式是借鉴现代生命科学技术探求中医药的科学内涵,解读中医药学原理;第三种方式则是从微观或潜在的关系来构建中医药治疗疾病的体系,以期形成对中医药诊疗疾病的补充和借鉴。后两者是直接经由他物的参考来反证中医药之'真',一如《素问·举痛论》中所言'余闻善言天者,必有验于人;善言古者,必有合于今;善言人者,必有验于己'。但也应看到,比照临床试验中的临床终点指标和替代指标两种存在,现代医学和生命科学的评价内容之于中医学是否有部分处于'替代指标'的位置,而非'终点指标'?对此要有清晰的认识。"

"张老师,那是不是说中医学不同的课程如中医诊断学、中药学等也有自己的特色的'求真'之路呢?"看得出来柳杞儿对这个非常感兴趣。

"柳杞儿,你说得对。自从上次你邮件问我中医药到底该如何进行科研后,我就一直在考虑千百年来我们中医人到底走在怎样的一条'求真'之路上。从总体上看,自西学东渐以来,中医药'求真'在某种程度上部分偏离了长久以来形成的中医药发展自洽之路,或者说更加凸显了现代科技、现代医学在'求真'道路上的参与度。"张老师说到这里顿了一下,"关于这个柳杞儿问起的诊断'求真'、中药'求真'和疗效'求真'等,我想下一次可以详细再谈一下。《科技导报》社的苏青研究员曾经发文说'自从地球上诞生了人类,人与自然的博弈就从来没有间断过'。其实,我们中医药对'真'的探求又何尝间断过呢?"

第二十七章

二月杨花轻复微

【二月杨花轻复微,春风摇荡惹人衣。他家本是无情物,一向南飞又北飞。(唐·薛涛《柳絮》)】

下午一二节没课，我正坐在教室看邝安堃、沈自尹、王文健主编的《虚证研究》，柏望春走过来说："青桐，外面有个女生找你。"我知道不是陈鹊就是柏望春在耍我，二者我都不感兴趣，就没有什么表示。也许柏望春不再加这么一句的话，我就真的不去了。柏望春又接着说，"好像长得还不错啊！"我一听这话就有点心动了，你知道人是有虚荣心的动物。我看了一眼柳杞儿的座位，人并不在，包也不在，我正在考虑是不是出去看看。王甬拎着他那个超大的水杯子过来了，坐在我身边说："外面有个女生叫你，你出去看看吧！"其实本来我就有点心动，就差个借口，王甬刚好充当了这个角色。

来到门口向右侧一看，果真有一个穿着蓝色皮鞋的女孩，像受了很大委屈的样子背靠着墙站着，除此再无他人，加之当时帮宋玉看QQ号时留下的一点点印象，我知道她就是陈鹊了。于是说："你是陈鹊吧，怎么感觉你像受了莫大委屈的样子，谁得罪你了？"

那个女孩抬头看了我一眼，低下头去抠自己的手指头，嘟囔着小嘴说："你，就是你得罪我了！"我一看我们班的同学陆续地向教室聚拢来，在这说话显然不妥，我尤其不想让柳杞儿看见。于是说："咱们下去说话吧。"陈鹊不说话，尾随着我来到新盖的综合楼边，她仍然靠墙站着，我站在她的对面，一只手扶着她头边的墙，看着她的眼睛。

我说："你看了我的信了？"

她说："是，我看了。"

"那你还来找我干啥？我在信上说得很明确了，连小柜子的钥匙我都丢了……"

陈鹊一把捂住我的嘴："不要再说了，找个相互投缘的人不容易，我们宿舍的人也不主张我主动来找你，可我还是来了，多一个朋友总

第二十七章 二月杨花轻复微

比少一个朋友好。"陈鹊说完，脸上露出淡淡的笑容。

我抬头看了一眼阶梯教室楼梯口被槐树撕裂的天空，说："朋友其实有很多种，如果现实中不需要对方帮忙，那么做一个我们这样的'笔友'也是不错的选择。"陈鹊伸手想拿起我的手把她的那把钥匙给我，我则装作挠背把手放到了背后。她也没说什么，当晚又配了一把钥匙给我。

第二天去上文献检索课，路过那个小柜子，我忍不住打开，里面静静地躺着一张便条。

樊青桐：

我真高兴，昨天我鼓足勇气去找你，当时我想你要是再不出来，我就直接冲进你的教室去把你揪出来，呵呵。你知道吗？昨晚大半夜我都没睡着觉，感觉在梦中，我都笑出了声！我很高兴我自己的勇敢。

无限的烦扰笼罩着我的心灵，

我却不愿对你将真情说明，

我毫无目的地到处行走，

但每次都出现在你的门口，

这时候，脑子里又回旋着疑问：

这是为什么？友谊还是爱情？

鹊鹊

我知道最后这段是摘抄的波兰诗人密茨凯维支的《犹疑》，她把它放在这儿是什么意思，是在让我确认还是单纯表达她的心思？不论哪一种，我觉得都是要予以回应的，但如果也写一张便条回应就显得太正式也太刻意，反倒让她认为我很重视这个事情。于是就把前天的一份《中国中医药报》放进小柜子，里面有我写的一篇文章《企盼中医"听取蛙声一片"年代》，并且在文章题目的前面用钢笔认真地写了"友谊长存"四个大字。

企盼中医"听取蛙声一片"年代

樊青桐

　　记得我小的时候每到"春三月，此谓发陈，天地俱生，万物以荣"过完，"夏三月，此谓蕃秀，天地气交，万物华实"开始的一段时间，村口村尾的小溪沟壑里，总有一群黑压压的数也数不清的小蝌蚪游来游去。二十年之后的今天，同样的季节我再回到曾经的村口，看到的却是枯萎的河流，被污染的没有生物的沟壑里数也数不清的塑料农药瓶子。这个时候哪怕你"涸泽而渔"肯定也是一无所获。

　　自古中医主张的"天人相应""道法自然""呼吸精气，独立守神"等等，在今天这个被污染与被损害的环境里如何去做？在"夏三月"的日子，你"夜卧早起"伴着晨曦漫步于散发着淡淡腥臭味的沟边，看着本当"蕃秀"却早衰而叶黄甚至叶落的白杨或黄柳，鸟雀不见，"哪怕你披发缓行"，心情又当如何？而且古代煎药水质火候也颇为讲究，有的需用流动的河水，有的需用泉水，还有的需要用雨水或雪水，可是现代你作为一个中医，山泉已难得，单问你还敢不敢让你的病人煎药时用河水或者接到的雨水？如若不能，会不会影响药物的疗效？再说火候，辨证论治，辨好证选对方不过是治疗疾病的一个方面，恰当的炮制煎煮方法也是确保药物功效发挥不可或缺的一部分，比如武火先煎、文火其后，比如打碎先煎、后纳诸药，还比如煎后去上沫等等。

第二十七章 二月杨花轻复微

可是今天这个"天下熙熙,皆为利来;天下攘攘,皆为利往"的年代,有谁能一天到晚两次守候在微微的柴火旁,看着黑色砂锅里的药物被煎煮出吱吱的笛鸣,然后按着医嘱行事?甚至有些被斥为迷信。正如昂斯丘尔德所指出的,在任何社会,一种医疗方法体系的强弱不仅是系于它本身的客观疗效;同样重要的,是社会政治群体的理念,是否容纳这种医疗方法体系背后的世界观。

怀念"听取蛙声一片"的年代,那个年代我还不懂中医,每天看着因为不孕的婶婶清晨将大大的一包热乎乎的中药渣子倒在被压得整整的黄土道上,一年后婶婶生了一个大胖小子。依稀记得姥姥得了蛇串疮(带状疱疹),西药怎么也止不住,母亲拿出上年重阳时候割下阴干的苦艾,将叶子小心地捣成丝绒状,然后搓成一根虔诚地给姥姥艾熏的情景。更记得童年在野地里打猪草,不小心被镰刀割破了手指,在身旁的庄稼地里迅速辨认出一棵小蓟,用手揉搓出成黏糊糊的一块,贴在伤口,立马止住血止痛的时候。现在药渣远了,蛙声也依稀少闻了,童年艾叶的熏烟也屡屡散去。现在想来那些年在农村,大家都在自觉或不自觉地用着价廉效验的中医药。现在随着城市打工潮的兴起,年轻的农民或者农民工们也变得"卫生"了,小小的一个伤口便是创可贴、纱布包扎,揭下的时候伤口处白白的一片。看着他们这样,我越加怀念童年的小蓟了,就那么凉凉滑滑的贴在伤口,一会儿就止痛止血了,而且绝不会捂得伤口变白,更不会发炎。

坐在窗前的余晖里,看着隔代泛黄的《内经》繁体竖排本,我在想,中医之所以产生在中国,与锦绣山河、物华天宝的华夏文明是密不可分的,与固有的自然环境更是密不可分的。自古中国山多林密，植被丰富，品种繁多，高者可参天，矮者不及膝，林间动物林林总总，数以万计。而今一方面"西学东盛"的理念导致群体对中医的信任危机，而"不信医者必不治"；另一方面生态环境的恶化必然导致很多动植物濒危，中药品种锐减的同时疗效或许也在下降甚至有所改变。两个方面叠加一起，再加之由于现代化工业的发展，各种有形的、无形的邪气充斥我们生活的方方面面，进而各种新生病种层出不穷，中医在近代很长一段时间忙于中医存废与否的辩论中，无暇充实自身的内涵发展。导致时至今日各种疾病的诊疗规范依然举步维艰，人心浮躁，严重影响着中医药的临床疗效。

也许，若干年后，当自然环境改善了，社会的物质极大丰富了，各种不必要的纷争逝去了，中医人心气也沉下去了，百姓也都像他们的祖先们一样认可中医药的时候，必然会迎来中医药突飞猛进发展的春天，也必然会迎来中医药"稻花香里说丰年，听取蛙声一片"的好时光。因为，毕竟中医药事业不是中医药小圈圈里的事，而是全民共同的一项事业。

作为一个"80后"的中医人，在感恩党和国家中医药政策的同时，更迫切地期待着这个春天的到来。

上完文献检索回到宿舍，一想这个黄金周李青译就要来济南了，得好好规划一下未来，实在不行就鼓励她考个专升本。陈鹊刚好回家，等黄金周过完再好好处理这个事情。站在阳台上，看见柳杞儿正在把滴着水珠的白大褂往晾衣绳上挂，一抹刘海随意地挂在光洁的额头，宽松的睡衣从腰际往上缩进了一块，而且离开了肚皮，在阳光下亮亮的，我下意识地朝她的楼下看了看，还好没有男生经过……我突然想起柳杞儿说这个黄金周她要赶到深圳去,我问她去干什么,她讳莫如深。直到今天上午我才从夏婉的嘴里知道,她是去见她在香港读书的男朋友。想着,再抬起头,看见她旁边的另一根晾衣绳上晾晒着的正是那天早晨我给她的那床被子,心里五味杂陈。我就站在阳台上,一手托了电话机,一手拿了听筒,拨通了柳杞儿宿舍的电话。是夏婉接的电话,她对着阳台叫柳杞儿的声音我没通过电话也隐约可以听到,就看见阳台上的柳杞儿把手用力地甩了甩,闪进屋里。

"洗衣服呢,柳杞儿?"

"你怎么知道,你在干吗呢?"

"当然了,'夫道者,上知天文,下知地理,中知人事',我学过奇门盾数、占卜星象啊,我昨晚夜观天象就知道你今天会洗衣服。"我边看着她们宿舍的阳台边吹嘘。

"去你的吧,我也学过《古代哲学》和《易经》,好像我不知道一样。'智者察同,愚者察异',你也就是一个'愚者',反道观物。你在哪呢?"说到这突然听见电话出现余额不足的提示音,接着就听不见柳杞儿的声音了,但是我能看见她对着电话说话的神态。正看着,突然电话铃响了,吓了我一跳,抓起电话,原来是陈鹊叫我一块吃饭。我拿起放在水龙头边的一个三角形的镜子,用手蘸着水往头上梳了梳,似乱非乱的样子,伸头看见陈鹊已经站在楼下的水池边了,就赶忙下来。

"你今晚上自习吗?"

"不去了,看到你发表在报纸上的文章了,也让我回忆起儿时的岁月,有点淡淡的忧伤。今晚要是你也没事我给你上一课吧。"

"在哪?"

"操场吧!"

"上什么课？"

"来了就知道了。"

晚上没有风，天刚黑了没多久，人也不多。我们顺着煤渣跑道一步一步走着，我在想着明天考试的事情，好像还有几个考点没有复习完，没有特别注意走在身旁的陈鹊到底在说着什么，只是礼貌性地边走边点头。在走到主席台下的围墙边的时候，看她立住了，我也立住，陈鹊突然像只鸽子一样想扑进我的怀中，吓得躲闪不及的我赶紧用两手悬空抵住她的肩膀。

晚上回到宿舍，平一平心跳，给青译打了个电话，问她来济南的事情准备得怎么样了，她说："一切准备就绪。"

我说："那你来了可要小心了，说不定你就从此告别了少女时代。"

她说："我看你敢，本姑娘可不是吃素的！"

我说："好好，等你来了我俩都不吃素，开开荤。哈哈……哎，对了，你买好火车票了吗，和家里怎么说的？"

青译高兴地说："后天就去了，票我肯定买好了。我和家里人说学校统一组织我们到蒙山旅游。宿舍人都知道我要去你那，所以无须撒谎。"

我说："那就好，到了给我打电话啊，青译。"

挂了电话，躺在床上，想着青译来了后，我先带她去动物园，晚上去泉城广场，然后还有千佛山、大明湖，还有那个燕子山，隔年的松针厚厚地铺满山坡，走上去软软的……正在想着，电话铃响了，懒懒地说了声："喂——"竟是陈鹊，"你有什么事吗？"

她说："好事，告诉你个好消息，我虽然想家，但考虑到黄金周假期这么长，你一个人在济南肯定很孤单，所以刚和家里人商量不回家了,留下来陪你!"

"什么,你不回家了?"我一听脑袋就蒙了,我大吼着,"你不是说好回家的,你陪我干吗?我又不是你的谁?!"

"你不用这么激动吧,樊青桐。我只是想留下来陪你,也没有说你是我的谁啊?"

说了半天,她仍然坚持不回家。挂了电话,我躺在床上,真的想不出明天该怎么办。我想本来我和她之间没有什么事情,但现在以陈鹊的那个性格,万一青译来,她故意跑来找我闹,那我就是秀才遇到兵,有理说不清,看来还得留下时间先去做做陈鹊的思想工作。唉,真不该网上聊什么天!"天作孽,犹可违;人作孽,不可活。"难道这就是传说中的报应?整晚我和衣而卧。"微者逆之,甚者从之。"突然,《素问·至真要大论》中的这句话跳进我的脑海。

东边的太阳挣扎着爬上云端,天亮了。

……

黄金周过完有两个星期了,我始终都不敢给青译打电话,我不知道该怎么解释我的行为,更不知该如何消除我们之间的"误会"。我想让时间慢慢地流过吧,让我躲在时间的背后,也许一切都会好起来。青译以前也曾不止一次地说我是个优柔寡断的人,干什么事情就知道拖拉,可这次我真的不知道该如何开口,我曾经巧舌如簧,化解一个又一个的尴尬。我知道这次事情给青译造成了巨大的伤害,但我却不敢面对。那天青译的舍友给我打来电话,问我是怎么回事,惹得青译在宿舍发酒疯;问我知不知道青译有多爱我。我知道,我又怎么会不知道?!可是我当时却无耻地反问青译在马陵师范学院是不是有个哥哥,他们是怎么回事?甚至说得煞有其事。

晚上，青译打来电话，说："我们分手吧。"嗓子感觉比以前更加沙哑了，也许是刚哭过。

我看到站在楼下的陈鹊在对着我们宿舍的窗户挥手，我知道在叫我，她的餐卡中午忘在了我这。于是我对着话筒说："青译，你等一下，我马上回来。"说完挂了电话。等我再爬上楼，青译的电话却怎么也打不通了。

似梦似醒间，我鼻根一酸，泪水溢出眼眶，滑向枕巾。我觉得自己太过分了，太对不起青译，我有什么资格来承受这份沉重的爱情？不能承受就要毁坏它吗？

第二天醒来已经12点多，柏望春帮我捎来了一张马陵师范学院的明信片，只在收件人处写着"济水中医药大学86号信箱樊青桐（收）"几个字，并没有落款，其实也无须落款。明信片空白处工工整整地抄写着李之仪的《卜算子》：

"我住长江头，君住长江尾。日日思君不见君，共饮长江水。此水几时休？此恨何时已？只愿君心似我心，定不负相思意。"

看邮戳日期是青译给我打电话的前两天写的，她应该是希望我能在她来之前更深刻地明白她的心思吧。

楼角处梧桐树上的麻雀叽叽喳喳地喧闹着，宋玉昂着头等着夏婉把暖瓶用篮子吊下来，然后接住去打来开水，再用同样的方法吊上去，每天如此，乐此不疲。柳杞儿也从深圳赶回来了，还给我带了一份伴手礼。

第二十八章

当空雁叫

【鼓打三更情悄悄,寂寥庭院凄凄。银灯风过灭残辉。当空雁叫,切切向南飞。

弄了浮生添悔恨,如来曾运深悲。漫漫险浪法船回。当初无分,今日怨他谁。(元·山主《临江仙·鼓打三更情悄悄》)】

都市早晚报·副刊 B5 版

《城的灯》，照亮我的人生

樊青桐

如果没读这本书，我也许永远不会意识到自己当时的思想是多么的庸俗，也许永远不会意识到自己对于爱情也曾有过赤裸裸的背叛。

——题记

玉带桥，栏杆畔。

夕阳将最后一抹橘红揉进木子泪痕斑驳的脸颊，一如我们终将结束的过去的挽歌。我站在她身旁，默然不语。我知道此时纵有千言，也不过一千个借口；纵有万语，也不过一万个为自己开脱的理由。因为结局已定，过程已然不再那么重要。

突然，木子抬起头，"青桐，我的心都给了你，难道你就不能为我改变一下主意吗？"我知道在爱情和学业面前，她希望我选择她，可这话，我不能说。我静静地看着她把话说完——我不知道自己当时的心怎么会这么硬，为什么对考研、读研那么痴狂，或者是对于另一种生活的渴望——毅然把眼望向了天边，用手使劲捏了捏包中的《考研中医综合辅导讲义》。

我当时不知道什么是无耻，什么是背叛，我只知道推脱，只知道自己那点微不足道的尊严，只知道我要读研。面对一份成长了近三年的爱情，而只需要一个并不确定结果的诱惑就可以将它击个粉碎。于是我选择离开，我不能被爱情牵住，确切地说我没有努力地争取过，真正地增长过见识之前还不想直接就回到乡镇或县城的医院。可是我永远不能忘记的，是我离开时，木子那复杂的眼神，我知道那眼神中的悲愤，痛苦与哀怨。可是我有什么办法，对学业的追求和专家身份的认同犹如茫茫大海中那美丽魔女的灯塔，吸引着我全部的航线！

于是我离开了，也许走得并不潇洒。可是为什么在我面前，你摆出两条路让我选？我当时以为，我们不过是将关系冷处理几年，不过是把爱情搁置几年，不过是每年只能见上几面；当时我以为爱情可以冰封，待我需要的时候再出现。现在才感觉到，你和你家里人共有的担心：现在我距离大学毕业还有两年，如果再加上研究生，总共需要五年，而这五年中有三年时间是在遥远的另一个城市。五年中谁知会发生什么事？如果对于一株已经长成了的大树，或许五年时间就表现为五次落叶、五次发芽，实质性变化并不明显。而对于一株正在成长中的树苗，五年时间的实质性变化可能就不只是增添了五个年轮这么简单。同样，对于一个年轻人，这五年中如果没有一个确定的说法，单靠感情这根线能否拴住岁月的变迁，心态的改变？五年后，我会不会再回到县城乡镇来工作，如果不回一直异地又怎么办？

书中的冯家昌变了，面对城市灿烂的灯火，赤裸裸的升迁的诱惑；半年前的我变了，面对在当时并没有谁可以给我保证结局的考研。也许，我比冯家昌高尚，因为我不是移情别恋；或者，我比冯家昌更卑鄙，因为打败木子在我心中位置的甚至不过是一个未知数，而这个未知数有一半的可能是零。而我在大概率会变得一无所有的情况下，毅然离开了你，我曾经的木子。

那晚，我做了一个梦，或许是关于忠诚的古老故事。可是"那晚"已经是考研后的一个时段。梦中，一只家狗为了守护自己已瘫的主人，被饿死在主人的身边。但现在的年轻人在爱情面前，稍微有一点挫折也许就会想到背叛。因为，背叛容易，坚守难。

......

我该诅咒李佩甫，一本书，让我重新想起那遗忘了许久的痛，让我夜里睡觉也不安。我仿佛变成了那个背信弃爱的冯家昌，遭人唾弃；我又该感谢李佩甫，一本书，让我找回了丢失了的自己。仿佛那时的我，就是一个本末倒置的傻子。而且，经过这么一段时间，我也渐渐开始明白，没有单纯的学业和事业，也没有单纯的爱情，所有的这些都糅杂了太多的人性和现实在里面。

两个人之间的爱情，就像天上的流星一般，过去了，就永远过去了。没有谁，可以使属于自己的那颗流星返回去，再重新来过一遍。而事业不同，它们就像恒星，忽明忽暗的在远方闪烁，诱惑你的眼。你可不能老盯着那些恒星看，因为你看或者不看，它们都是在的。而爱情不同了，来来去去，不过一瞬间。有些人说瞬间可以铸就永恒，可这个永恒已经与各自的生活无关。

今年暑假，我一个人回了一趟老家。特地来到我们初次相见时候的玉带桥，几多往事涌上心头，心中烦乱至极。心想，若干年后，或许她已经嫁为人妇，或许她仍如当初，简简单单一个人，可即便如此，她还是当初那个她，我还是当初的那个我吗？！

玉带桥，栏杆畔。我们第一次约会时在彼此内心许下的那句誓言呢？我对着桥下流水中自己模糊的影子自问。也许正如清代医家陈修园所谓"风即气，气即风，所谓人在风中而不见风是也"。如果哪一天你离开了"气"，或这个"气"突然变质了，自然会感觉到"气"的存在。这时再来期望"鱼得水逝而相忘乎水，鸟乘风飞而不知有风"的时光已经不可得。

才七月,一个人站在傍晚的玉带河边看着水里自己模糊的倒影,却感觉到一阵阵的寒意。抬起头,远处一只水鸟起飞时惊起的一圈涟漪泛过来。

起风了……

第二十九章

春纵在,与谁同!

【天涯流落思无穷!既相逢,却匆匆。携手佳人,和泪折残红。为问东风余几许?春纵在,与谁同!

隋堤三月水溶溶。背归鸿,去吴中。回首彭城,清泗与淮通。欲寄相思千点泪,流不到,楚江东。(宋·苏轼《江城子·别徐州》)】

两个月后暑假开始的第七天,我们如约来到了位于县城边上杞柳林深处的红石亭。《建亭记》说红石亭所用之石皆采自郯城县马陵山中马陵道旁——这个马陵道曾被记录为"马陵道狭,而旁多阻碍,可伏兵"(《孙子吴起列传》),经过数十年的风吹、日晒、雨淋、霜冻、雪侵和失修,红石亭通体黑褐色,部分基座处缀着苔藓。隐约能看见裸露处刻着芜杂的文字,也不知道15年前发誓"玲玲和壮壮永结同心"的两个人现在怎么样了?闭着眼,脑海中浮现那年初秋李青译和我携手漫步在马陵道怀古的画面,那时对着满野红褐色的山石我写了一首小诗《战争》:

  战 争
   ——在郯城马陵道
  静静地 都躺下了,
  后面是如血的大山。
  没人记起那场混战,
  研究和讨论最多的,
  还是 关于谋略。

  战争已是背景,
  结果的统计也无非数字。
  在日渐远去的马蹄声中,
  几万条曾经鲜活的生命,
  ——翻遍史书也找不到他们的姓名,
  成就的 是一个人,
  关于智慧的,
  宣言。

李青译当时点评说:"史学家的内心和文笔是冷峻的,有时简单的一句话,看似波澜不惊,背后可能就是成千上万人的侘傺一生。或者如你说的是这成千上万的生命和成千上万人的喜怒哀乐、一生操劳,最后成了另一些人成就宏图霸业或者展示才智的道具和背景。但好在,爱情中没有那么多的'计谋'和'尔虞我诈'。"

"可能也不是他们想冷峻,我觉得是一种无力,无力到无论事情如何进展,都只能去记录它、描述它。爱情其实也一样,就像苏联诗人柳·塔季扬尼契娃在一首诗中所写的,'我们以前的诺言/莫非都是欺骗?/爱情虽已死去/我俩却双双活在人间',你说这是不是也是一种无力?感谢上天眷顾,在这方面我们都没有那么多的曲曲折折,一切如花吐蕊般自然。"

想到这里,我在红石亭的鹅颈椅上坐下,内心一阵酸楚。闭上眼睛,手在口袋里紧紧地捏着那五百元钱,这是我准备还给青译的。放假前,为了尽快处理好和陈鹊之间的关系,不激化矛盾,共同出去吃饭聊天的次数就比较多,严重入不敷出,又不好意思和家里人要,所以在一次电话里无意中和青译提起了手头拮据的事情。青译当时说:"我这有,你先用着吧,本来是准备到济南后给你过生日花的,你可能忘记了,你的生日正好在黄金周里,我们在一起两年多了,还没有机会给你过一次生日呢,明年就毕业了……"青译说到这里打住了话头,"告诉我你的卡号吧,我给你打过去。"想到这里我摇了摇头,莎士比亚曾说:"我记得你的甜爱,就是珍宝,教我不屑把处境跟帝王对调。"但显然几年的大学生活让我对"处境"不再满意,也让我学会了遗忘。今天我来这里和青译见面的目的估计就是要听她当面说分手的,想来她有什么错,甚至可谓蕙心纨质,一切问题的来源不过是我,是我对不起青译，但分手的话却要由她来说！

"你早来了？"我正想着就看见青译提着一个大包走到我的面前，"以前你总是来晚，最后一次，没想到你来得这么早，是不是等不及了？！"

我黯然地摇了摇头："当然不是，以前我也想来早，可总是这事那事的，今天……"

"今天很'荣幸'你能在百忙之中抽出时间这么早地等在这里和我'约会'，非常'感谢'！"

我没有回答，抬起头，看到青译鼓鼓的包，我不知道自己怎么会有这样的想法，我总以为她的包里装着的是给我的东西，或者就是那次给我准备的生日礼物。可是待我看清了，那不过是几本高中课本，是青译借来留着备课用的。想到她要准备开始工作、开始新的生活了，我的心里一阵失落，同时捏紧了手中的钱，只等着青译提起。

"樊青桐，你说我们怎么办？我马上工作了，我……"

"电话里你不是都说了吗？"我抬头看了一眼青译的眼睛，刚好和她眼神相交。我在内心其实也有一些矛盾，那是一种不舍与另一种隐隐约约不能与人言说的希冀交织在一起的感觉，"要不，要不咱们和好吧？"

"樊青桐，我讨厌听你用这样的语气说出这样的话，我不需要你的可怜。告诉你，我这么爱你，是因为我感觉你也是一样地爱着我。你还记得我们的高中同学杨兴吗，他第一年没有考上大学，所以没敢和我说他喜欢我的事，虽然在第二年考上大学后和我提起，但是我们已经好了。我坦白地告诉你，我既然接受了你，我肯定要一心一意地好好爱你，如果我还另有人的话，那我们肯定不会走到今天这一步。

第二十九章 春纵在，与谁同！

你问了我舍友，代表你心虚或者你心里有鬼。不就是分手嘛，我要你亲口告诉我一遍。你说，樊青桐，说完我马上走。"

我低着头，余光中看到杞柳林中一条小河在阳光的映照下水波雀跃，就连浮在上面的小船也是雀跃的，我想到了"小舟从此逝，江海寄余生"这句诗，但很显然我做不到，于是诚恳地说："我真的要去读研，你家里人不是也说五年的时间太长，怕到时候你……"

"别说我，就说你自己，你能保证你去读研后心不变吗？只要你能保证，我没问题，家里更没有问题，我可以等你，我可以工作资助你去读研究生。"青译在我面前第一次说话这么大声，我不由得抬起了头。

"我，我现在当然可以保证，可是如果真的去读研，在外地的话，又那么远，我，我到时候毕业后又不知道到哪儿去找工作。正如俄国诗人巴拉丁斯基所说'我们没有权利支配自己，在那些青春年少的日子里，我们过于仓促地山盟海誓，在万能的命运看来，那也许荒唐无稽'。"我唯唯诺诺，低着头，不敢看青译的眼睛，怕她看出我眼中的游移与不真诚。我知道我在找借口，就是不愿亲口说出那几个字。

"你一个大老爷们，说话就不能直接点啊，老是拐弯抹角、含糊其词。好，我告诉你，电话里说的不算数，你这样拐弯抹角说的更不算数。要分，你就给我明明白白的一句话，像当初你对我说'我爱你'一样。"青译说着眼睛红红的。我也不知道为什么，明知那份不能与人言说的希冀是多么的虚幻，但在没有被明确地告知不可能的时候，总觉得还有可能，就像眼前的青译对我的期待一样。我知道青译一次又一次地问，不是她记性不好，而是在给我考虑的时间，但我就像一粒飘浮在空中的蒲公英种子，看到身旁的她早早下了学业的轨道，看着身旁的优秀者依然奋进在前进的路上，自己总不甘心被一条线牵着在这条轨道运行，明知自己可能也飞不远却总不甘心，感觉哪怕再毫无牵挂地朝前飞上一厘米，就会有更好的什么在等待着我。

"好，你不要逼我，"我说，"我们——分手吧！"

"行！"青译的声音一下低了八度，也失了底气，"在分手之前，我还要告诉你一件事，"来了，我在心里想，肯定是要钱的事，还好我有准备，要不然真给她将住了，我想着下意识地把手又伸进口袋捏紧了里面的那几张人民币。"你知道黄金周你没让我去你那，我当时的处境吗？我告诉家里学校组织活动，每个人必须参加，家我当然是不能回的了；舍友也知道我要去你那，宿舍肯定也不能待。我就拿上几周前就给你选好了的生日礼物，一个人在31号那天早早地起了床，舍友要送我，我也没允许，因为我知道，我去不了你那，但是我也知道我必须得走，我也有我的一点自尊。"

"我一个人拖着行李箱，坐上了去火车站的公交车，在火车站候车室整整坐了一个上午。你知道当我听到'各位旅客朋友，从日照发往济南方向的N400次火车停靠在2号轨道，请各位去往济南的旅客到第三检票口检票进站'时，我内心的感受吗？你说你突然有很要紧的事要到天津，我信了，可是现在我知道那不过是借口。在临沂火车站我将前后的一系列事情串联起来想，突然明白了很多。"

"自从和你谈恋爱以来，我从没有像别的女孩一样享受过爱情的甜美，我得到的只是等待，但是我没有怨言，因为我知道我是爱你的，我感觉你也是爱我的，但是你也有你的苦楚。我告诉你，樊青桐，我一个人坐在火车站候车室，看着身边坐着的人纷纷站起排队，看着刚刚还拥挤不堪的候车室突然安静了下来，我哭了，我一只手握着已经

第二十九章 春纵在，与谁同！

过了检票时间的火车票，一只手拖着一个行李箱，里面是我给你精心准备的生日礼物。一天之前我还兴奋得睡不着觉，想这想那，可是突然一夜之间我退也不是，进也不是。我当时突然意识到自己是多么的傻，我当时特别恨你。以前宿舍有人说你可能在济南又谈了女朋友，所以才这样对我，我不信，真的，我一点都不信。现在既然都要分手了，我请你告诉我实话，你是不是在济南又谈了一个女朋友？"

我一惊，抬起头，看着青译充满幽怨的眼神，拍着胸脯说道："没有，我敢对天发誓我没有。我之所以这样，真的只是因为，因为，我怕以后我会变，若真是那样我可是真耽误了你。其实你家人的想法是对的，一个年轻人可以保证当下，可是他能不能把控将来？我是对你负责，我……"

青译抬头看了我一眼，说："好，樊青桐，我相信你。但我们毕竟是'人'，而不是不能意识到过去和将来，只能存在于'现在'中的动物。告诉你，如果以后我听说你在大学期间果真谈了女朋友，我会恨你一辈子，因为我不相信会有哪个女孩比我更爱你，更关心你。"青译说着，背过脸去。

"青译，我这样对待你，你会恨我吗？"

"以前我恨你，但现在不了。你已经没有资格让我去恨了，我现在只恨我自己的命。'命里有时终须有，命里无时莫强求'，这是你之前常说的一句话，我现在算是信了。也许我们本来就不应该有那个开始，但我不后悔。还记得你曾经在马陵道上写下的《战争》一诗吗？现在想来是多么的讽刺！想想若干年后，我会不会也成为你写回忆录或小说中的一个'背景'？"青译说着，用手指着《建亭记》上的"马陵道"三个字说。

"青译,你借给我的那五百块钱我给你带来了。"我不知该如何去接李青译的话头,只好转移了话题,说完我从口袋拿出已经被我的手握得汗津津的五张人民币。

"不用给我了,我知道你现在手头也不宽裕。我过完暑假就要工作了,多少也可以挣点,你留着吧!"青译说得很平静也很诚恳。

我收回了手,说:"青译,都分手了,让我再拥抱一下你吧?"我说着向前走了一步,青译后退一步说:"不行,现在我们已经分手了,还有什么理由再去拥抱,我希望你放尊重一点,现在我们不过是同学关系。"我一听,伸着的胳膊停在空中,说真的,当时我很后悔没有先拥抱完、接过吻再说分手。在红石亭的静默中、在杞柳林的肃立中,我们一步一步相跟着走到公路的简易汽车站点。我回首看了一眼这无边无际的杞柳林,回想两年多前我就是在这样的杞柳林深处的一个小池塘边看着李青译的照片,幻想着和她一起在杞柳林深处仰躺着看月亮、数星星,听蛐蛐的歌唱,一起走进婚姻的礼堂,她负责孩子的学习、我负责孩子的健康……

这时,一辆中巴车急匆匆地驶过来,上面坐满了人,我说等下辆吧,青译说不了,回家还有事,就急急地叫停了那辆中巴车,我也跑着跟上去,掏出钱塞进卖票人的手中,青译叫着不要,车还没怎么停稳就开了,不过车票钱总算塞给了售票员,我的内心多少得到了些许安慰。突然车窗大开,我刚塞给售票员的钱和一张报纸一起被青译大叫着扔出车窗外,她哭骂道:"樊青桐,你他妈混蛋——"一声撕心裂肺的叫骂引得一车人伸出头来,看着站在路边木头一样的我。我扶了一下眼镜走过去,捡起马路中间的报纸,打开一看,正是我写的那篇文章《<城的灯>,照亮我的人生》,文章的空白处有钢笔写的一行字,字有

第二十九章 春纵在，与谁同！

几处写得过于用力，都戳破了报纸，红色的墨水晕染成一块类似"心"形的图案，不是红桃心，而是和解剖课上学习的心脏一样乱七八糟的样子。还有一支钢笔勾画出来的什么植物的形状。也许，正是这篇文章让青译下决心见我最后一面的吧？但能发表出来的文字多多少少都已经经过了作者内心的权衡和对现实的考量，也经过了编辑的润色和删减。说真的，这些也都不假，但那些更深刻的原因却远远地躲在文字之外。

我抬起头，那辆客车并没有停下，向着北方疾驰而去，就像有一根线拴在我的心上，随着客车的行进被越拽越紧。

第三十章

红泥小火炉

【绿蚁新醅酒,红泥小火炉。晚来天欲雪,能饮一杯无?(唐·白居易《问刘十九》)】

"今天外面下雨，我给大家煮茶，这水可是我早晨专门从趵突泉装回来的。历史上煮茶与煎药之水都颇为讲究，我曾在大学时候想写一篇关于'水'的文章，但一直忙于各种琐事，不能成文，至今引为一大憾事。估计这是你们毕业前我们最后一次讲授了。我们接着上次讲，根据中医学诊疗疾病的过程，'求真'也可以分为诊断之'求真'、中药之'求真'和疗效之'求真'。

清代医家汪昂在序其《本草备要》时说'脉候不真，则虚实莫辨，攻补妄施，鲜有不夭人寿命者'，凸显了诊断的极端重要性。那么何谓诊断之'求真'？历史上，中医学所求诊断之'真'是让四诊信息能够准确反映患者的刻下感受与外在征象，是将患者的感受与医生所捕捉到的信息综合后的诊断结论，表现为'症''病'或'证'。当然，其间由于正反两方面经验的积累和认识的加深，关于这个诊断之'真'的概念也有一个演变的过程，由最开始的认为'症'是疾病之'真'，到认为'病'和'证'乃疾病之'真'，唐以后着重凸显了'证'在中医诊断中的主体地位。其实即使是症状诊断，在最初也只能进行粗略的分类描述，如《殷墟甲骨刻辞类纂》出现的'生病'描述有疾首、疾目、疾耳、疾自、疾口、疾齿、疾舌等。随之则在定位的基础上出现了相对而言较为明确的症状描述，如'庚戌卜，朕耳鸣，侑御于祖庚，羊百，又用五十八……'，可以看出，此时殷人已经开始用'耳鸣'代替'疾耳'的诊断。从今天的医学视野来看，这样的分类使治疗方向渐趋明确，更有利于选择针对性方药，也促进了中药学功效描述的细化与规范化。但此时的治疗依据仍然停留在'所见'范畴，但单一'所见'具有与疾病本质的唯一对应性吗？显然存在大概率的不确定性。随着认识的深入，医生发现症状是患者表现在外的征象，不同疾病可能出现相同的症状，而同一种疾病也会表现出不同的症状。于是开始认为由病因、病位、病性、病势等要素组成的病机才是疾病的本源，其诊断结论也由症转变为病或证。症、证也由原来的相互通用分化为具有不同含义的名词，即实现了由根据单一症状确定治疗方法向根据病机治疗的转变。

当然，即便按下复杂性疾病不表，单说病因明确的传染性疾病，其中医病机和症状之间的关系也复杂多样，不同医生的认识大同小异。或许目前，某病中医病机和治疗方案的确定并不意味着所有参与治疗的医生具有真实的一致，而是说在这个问题上谁的方案暂时最能为大家所接受，最起码不反对。此时的病机之'真'，就不再是'病机'本身可以自证的，必须在由其指导下处方用药的疗效来反证，如果针对这些用不同语言表述的病机治疗皆有效，那么这些病机就皆'真'，反之则'不真'。但显然这些单个环节或部分之'真'远非疾病的全部之'真'。就如同随机抽样一样，是用部分代替整体的一种做法。部分之'真'有时候会与整体之'真'相符，但有时候二者可能并不相关，甚至相反，比如《医学正宗》中所谓'大实有羸状'的真实假虚之证和'至虚有盛候'的真虚假实之证，如果不能进行细致而全面的审查，仅仅看到'羸状'和'盛候'这个局部假象，就难免造成'损不足，益有余，虚者愈虚，实者愈实'的严重错误。中医药学家秦伯未先生说'怎样把它（四诊）联系起来，不被病症所反映的真相和假象蒙混，实为非常重要的环节'。目前来看，如何通过部分之'真'来判断整体之'真'的能力就体现为医师诊疗水平的高低。

中医药学家施今墨先生曾谓'诊断以西法为精密，处方以中药为完善'。时至今日，不难发现，在多数情况下除非该中医病名具有现代语境下明确的所指，或者被赋予了现代医学的概念内涵，一般中医范畴下的病名、证名被患者提及的概率远小于现代医学的病名，但这并不妨碍患者叙说其接受中医治疗的疗效。在大部分患者眼里，哪怕是接受纯中医的治疗，现代医学的诊断结果——不论是肯定性的疾病确诊还是否定性的疾病排除都是必需的，同样重要的则是中医的疗效，而且这种趋势渐渐成为医患共识的主流。与对现代医学要求明确的疾病诊断不同，患者对中医学更多的是要求得到确切的疗效——最好是经过一段时间的治疗后，让现代医学的诊断不再成立，而非某'证'的诊断和思辨的说理，此为患者眼中的中医诊断之'真'。现代医学视角下，不同医疗机构之间、医师之间、医患之间在同一疾病诊断上可以达成高度共识，之所以能如此，全在于其背后的各种客观检查检测的加持。而在中医学视角下，漫说不同中医流派之间、不同医疗机构之间，就是不同医师之间，在同一病证诊断上的分歧也需要一定时间的弥合。有时候，不是中医治疗无效，而是不同医疗机构、不同医师对于同一病人在诊疗过程中做出了不同的诊断与处方，而这个诊断与处方又缺少客观、可重复的检查检验手段加持，导致了患者的疑虑和不信任。要想打消这个疑虑和不信任，就必须用疗效说话。即中医学的诊断之"真"是包括治疗和处方用药在内的全过程之'真'，并非单纯的阶段性之'真'，这点与秦伯未先生提出的辨证与论治的认识异曲同工。虽然中医辨证论治的法则以及基于中医学理论所形成的中药概念是相对独立的，但必须在辨证论治的过程中，才能体现'辨证'和'中药'是否'真'，二者存在一定程度上的相互依存性，目前来看，'辨证'的使用对象是人，'辨证'的适用对象是中药。当一次诊疗活动未出现预期疗效的时候，大家首先想到的是医家所选的中药是治疗该病证的'真药'吗？中药本身'真'吗？那么何谓中药之'真'？

《伪药条辨》中说'虽有良医，而药肆多伪药，则良医仍无济于事，故良医良药，相辅而行'，说明真药是中医治病取效的基础和关键。我国历史悠久，幅员辽阔，各地的中药命名有时并不统一，存在异物同名、同物异名现象。如有调查发现仅陕西秦巴山区作为药用的贯众来源即有5科6属7种植物。古代虽没有这么精细分类的植物学，但也提出了从功效出发对中药进行鉴别。如《本草蒙筌》在其《出产择地土》篇明确指出'殊不知一种之药，远近虽生，亦有可相代用者，亦有不可代用者'。故而，历史上中药'真'与否不仅是中药本身的属性问题，更关乎一部本草写作时作者所指的对象到底是什么，而且越是随着知识的积累和科技的发展进步，越显出这方面内容的重要性。如《神农本草经》所载之'术'，在明代《本草品汇精要》一书中专门标明'原不别苍白术'，至梁代陶弘景方将之分为白术和赤术，且进一步明确了各自功效主治。对比历代本草著作也会发现，对于同一名称的中药会有不尽相同的性味归经乃至功效描述，同样的干地黄，《神农本草经》谓其'味甘、寒'，《名医别录》则将其描述为'苦、无毒'，《本草拾遗》则认为其'平'。结合古人'近取诸身，远取诸物'的意象思维方式，这些都恐非'或脱简不书，或云世阙'以及后世传抄错误所能解释。一如德国哲学家威廉·狄尔泰所说，'理解本身是一个与作用过程本身相反的活动。完全的共同生活要求理解沿着事件本身的路线前行'。我们不能理所当然地把中医学学术的一切发展均认为是从中医学术产生源头的一脉相承的具有连续性的演进，而要正视中医学术所谓'源头'与后世中医发展之间的差异性。这种'源头'的差异性体现在中药学，则可能不同本草书籍所收录的中药本就不同——哪怕是用了同一个名字，应用今天中药鉴定的结果看，是否使用了不同科属的植物。如经本草考证，南朝陶弘景描述的贯众实属球子蕨科植物荚果蕨或蹄盖蕨科植物蹄盖蕨，而北宋苏颂和明代李时珍所描述的贯众则为鳞毛蕨科植物贯众。那么，上述三位医家在各自医药学著作中所描述的贯众，其功效主治等的归纳是否也分别对应于这些在今天已经可以进行细化分类了的植物？那么是否也意味着中医精准治疗的另一前提是要考证不同年代的中医古籍，其所用药物在当今学科分类体系下的具体所指？今天的中医药学家们显然更加意识到这个问题的重要性，故而在中药下面首列其来源或基源，再列其功效。

我国现存最早的药学经典著作《神农本草经》距今两千多年，而在此书之前的用药历史已很久远。在几千年的时间里不同植物尤其是粮食、水果经历了完全不同的驯化过程，受驯化的植物逐渐失去了其野生祖先种的部分生理形态和遗传特性，而能够满足人们需要的变异性状不断得到积累和加强，最终形成了高产优质的现代栽培种。虽然历史上曾有人强烈地反对人工栽培贵重药物，并将人工栽培者视为不'真'。如嘉庆八年正月二十四日的上谕云：'人参乃地灵钟产，……何必用人力栽养，近于作伪乎。'这种观点明显受到了道家对'真'追求的影响。但今天的中药无疑经历了这种从野生到栽培的驯化过程。今天装在医院药房药柜里的麻黄还是1934年'中瑞中国西北科学考察团'在我国罗布泊地区编号为36号墓葬中发现的麻黄吗？有研究对比了墓葬麻黄与现代麻黄的生物标志物，发现二者既有共有成分又有个性化的成分，即使在考虑化合物降解和升华的情况下，二者的生物标志物也存在一些不同，但被认为可追溯其生物学来源的特定生物标志物却是相同的。提示相同的中药在其特定成分保持不变的前提下，也存在其他成分的变化，这些变化了的成分与药物功效之间的关系如何，也是需要关注的问题。当然，我们也不能一味向中医先贤要结果，也要按着古人的方法将新发现或之前不常用的药用植物'归中'，赋予其中药的概念。就像清代医家徐灵胎所说，'凡华夷之奇草逸品，试而有效，医家皆取用之，代有成书'。但目前来看，这方面我们做的显然还不够。

历史上，中医医家为病、证、症找到了契合度较高的'真药'，并根据自己的观察和实践为这些'真药'做了包含功效主治、性味归经和使用宜忌等在内的'画像'。药物本身的'真'是病证对应选择'真药'的前提，如果药材本身不'真'，那么即便选择了与病证契合的药物，恐怕也难以取得疗效。但同时，如何选择病证对应的'真药'也是中药求'真'的重要环节。这个方法与技术的精髓既蕴藏在浩如烟海的中医药典籍中，更蕴藏在几千年瓜瓞绵绵的中医药名家医术传承中。对于具有极其近似功效的两味中药，在疾病辨证过程结束后，这两味中药都会在医家头脑中萦绕，故而在处方落笔前这两味中药都具备成为治疗该病证'真药'的潜质，但一经医家落笔签字，只有一味药会成为治疗该病证的'真药'，虽然另一味中药也具备与之相同的性、味、归经和几近相同的功效。但在另一种情况下，当第二位医家选择了与前一位医家不同的这味中药时，被选择的另一味中药就成为治疗相同病证的'真药'，但此时罹患这个相同病证的患者、时间和地点却是不同的了，这里体现了中医因人、因时、因地制宜的'三因制宜'原则，当然更体现了在针对某病证来说'真药'所具有的唯一性，也就是清代张大受所谓的'一身之病而朝暮变易，不可拘也'。——说到'三因制宜'，我又想起柳杞儿前几天问我中成药是否违背中医这个原则的问题，是否存在矛盾。其实中成药不是现代的发明，你们回想一下电影电视剧中的江湖郎中，他们葫芦里卖的其实都是中成药，但它们一旦和它们的服用方法结合起来就很好地体现了这个原则。翻开《串雅内外编》第一个方子黄鹤丹，它有特别的交代，'如外感，葱姜汤下；内伤，米汤下；气病，木香汤下；血病，酒下；痰病，姜汤下；火病，白滚汤下'。显然，从源头看，中成药有时并非治某病的全部，它只是某病证的核心药物，还是要配伍使用的。这是一句对中成药的补充解释。所以对于中医学来说，哪怕辨证分型非常准确，在不同医家的施治过程中，其与方药也未必具有绝对的一致性；而基于现代中医辨病论治思想的中药治疗也体现出一定的疗效性，说明现代医学的病与中医学的证之间存在的某种程度的天然对应关系。这个复杂性体现在具体的临床研究，即只考虑中医证候诊断的中药临床随机对照试验与考虑了现代医学诊断之后的中药临床随机对照试验所得到的结果，其临床指导价值或许有某种程度的不同。

与病证对应的'真药'的选择体现了医生的临证水平，而中药之'真'的确定又是研究历代本草学著作和同时代中医学著作的前提，即要在梳理比对不同年代药物乃至方剂功效演变的基础上，明确不同年代使用的中药在当前科技分类鉴定水平下到底是哪一种植物，并在进行中医证治规律、方剂研究和临证时尽量选取符合当时特点的'真'药。同时，应考虑不同驯化对中药成分和功效的影响，以确保产生'真'疗效。但何谓'真'疗效？

不同医学治疗疾病的诊断要素不尽相同，但以诊断要素的改善与否作为治疗效果的评价指标却是不同医学的共同特点之一。治疗疾病'有效性'的定义与治疗疾病的理论之间存在某种对应关系，即不论这个疗效指标在其他医学体系处于什么位置,秉持这套理论的医学都会以这个'疗效指标'来评价疾病治疗的效果,并据此给患者解释说明以达成共识。在没有其他医学体系引进和参照的情况下,医学所关注的是按照各自医学理论给予患者施治后,是否出现了该理论指导下预期应该出现的疗效,以实际疗效和预期疗效的吻合度来判断治疗效果的优劣,并给出符合该'医学语言'的解释。体现在中医学,临床疗效评价偏重于症状、体征、舌脉象以及随访结局,这也是中医学在辨证论治的时候所倚重的内容。但一段时间以来的中西医结合研究发现,中医学的疗效表现形式远大于其宏观诊断要素,如中医辨证治疗时鲜有将哮喘患者的炎症反应、细胞免疫等状态纳入分析,但是检测结果发现中药单独或中西医结合治疗后可明显降低炎症因子水平,并延长稳定期。或许因为中医药所具有的这个特点,使得部分研究者开始渐渐远离中医疗效的原初记载来制定基于现代医学理念的中医临床疗效评价体系,最后可能得出中医药疗效较好、也可能得出中医药疗效欠佳的结论,但这是中医药的疗效之'真'吗?答案显然是值得商榷的。因为'一种文化背景之下的专家认为非常有启发性的变化及特色,在另一种文化背景之下的专家眼中可能毫无意义,或者根本不存在'。人体及疾病的复杂性,决定了中医疗效之'真',不单是现代医学所关注的部分,更应该包括中医药在几千年发展历史中所形成和展现的部分,或许这些没有经过仪器检验的部分,才更构成了中医药疗效评价的原初之'真'。但不得不说,目前来看,大多数的中医药临床试验并未守住这个原初之'真'。不能因为中医治疗可以契合现代医学的部分疗效指标就断然舍本逐末,而应探索其综合。但也要明白,作为医生,所有的求真,归根结底都是一个问题的延伸,这个问题就是你是否真的在全心全意为患者服务与考虑！"

显然，张老师准备充分，这次讲得行云流水，一气呵成，期间饮茶的次数也不多。不大的书房里只有我和柳杞儿的笔尖摩擦纸张的沙沙声和窗外间或传进来的一声鸟鸣，伴随着张老师低缓的抑扬顿挫的讲话声。

"张老师，我们马上就要实习了，您对我们有什么指示和要求吗？"

"这些年，我带着你们学了不少的中医学经典著作，也初步接触了中医临床，我想通过下一步的临床实习，你们一定会有更深的体会。'有一些病只有在经过临床实践以后，对经文才有深刻的认识'，中医药学家张珍玉教授的这段话，我想既是他的体会，也是对我们的要求，在学经典中做临床，在临床实践中悟经典。同时，我也请你俩认真回顾和思考一下咱们之前集中学习的内容，它仅仅是在讲中医药吗？它对一个人的成长、做事和进入社会与人相处是不是也有很大的指导作用？而且后者会随着你阅历的丰富而日渐凸显其价值。同时，通过两年多的观察我发现了你俩的一些不同特点。柳杞儿在学习中医时习惯于站在更高的医学视野来考量，而且对如何用现代科技助力中医药发展颇感兴趣。而樊青桐则相对比较传统，期望从历代医书和中医传统实践中获得真知。所以今天，我针对你俩的特点专门准备了这个交流内容，就是说不论选择哪一条路，都是发展中医药的途径，而传承和发展中医药是我们一代代中医药人的使命和担当。相信中医药、使用中医药、宣传中医药，在临床实践和科学研究中继承、发展和完善中医药，永远记住我们是中医药人，是我对你们的唯一要求。"

第三十一章

离心何以赠

【芳尊徒自满,别恨转难胜。客似游江岸,人疑上灞陵。寒更承夜永,凉景向秋澄。离心何以赠,自有玉壶冰。(唐·骆宾王《别李峤得胜字》)】

由于经十路的扩建,原先路边所有的公司、商铺等各类门面都拆除了。我们学校也不例外,曾经那个小小的银色校牌现在也换成了一面青色的大理石墙壁,校名排列方式也由竖列变成横排。据说等新校区建成后,我们就要整体搬迁去大学城了。原来近在咫尺的新兄弟网吧现在也远迁到水师东路靠近工艺美院的地方去了,晚上去网吧通宵也就不再那么方便了。

今天我们算是毕业前的预演,我要去连云港实习,柏望春留在济南,宋玉到临沂,袁浩天选择去青岛。所以坐在饭店的圆桌前,我们都被一种离别的气氛和即将进入医院实习的紧张感、新鲜感所笼罩。桌旁放着一大桶趵突泉扎啤,柏望春说今晚不醉不归。我们一想也是,一年半的临床实习,即使有回来取毕业证的几天,但毕竟也是一年半之后了。夏婉今晚就坐在宋玉的旁边,很伤感的样子,因为她要到威海去实习,近两年的时间不能和宋玉在一起了。

临行前的传言越来越多,也许因为要离开了,大家才在酒后说出那些真实但伤人的话儿。我才知道陈鹊曾经有过两次很疯狂的网恋,她甚至只身一人去重庆还是天津见过网友。我想还好马上到外地实习了,要不然真不知道该怎么回避这样的纠缠。最近一直和柳杞儿在张老师那进行实习前的恶补,听宿舍人说陈鹊打过两次电话过来找,我一笑置之。《菜根谭》有云:"看人只看后半截。"现在来看要求又高了,是从始看到终。其实,经过几年尤其是这几个月来在张老师家高强度的学习、讨论和聆听教诲,我倒是习惯了和柳杞儿俩人互相提问和在张老师面前争相表现的日子,我现在特别不舍的是以后有很长一段时间见不到柳杞儿了。

此刻主管教学的副院长正站在300人阶梯大教室的讲台上讲话:

第三十一章 离心何以赠

"祝贺你们,通过了毕业考试!预祝大家在后面的实习中一切顺利,学成平安归来。"我坐在柳杞儿身旁,看似认真地听着副院长讲话,实则斜睨着眼睛偷偷地打量着身边的她。第一次在阶梯大教室当着这么多人的面和她坐在一起,并且可以不时俯在她耳边,面带微笑地说些并不好笑的笑话,然后夸张地无声大笑。明天,我就要到连云港实习,她比我晚一天要到南昌去。想到这里我悄悄转过脸去,第一次在几百人的场合肆无忌惮地把她从上到下看了个遍。夕阳透过窗外的梧桐树叶将一抹暖暖的金黄洒在柳杞儿光洁的脸颊,好温柔,给人一种处子般的羞涩与灵动。如凝脂般温润的皮肤从脖颈下的锁骨处慢慢地隐入那件印花月白圆领衫,在胸前猛然间打了一个弯,于是胸前就多了两条迷人的弯弯曲线。看到这,我的心如数千只蚂蚁爬过一样,麻乱至极。我想我应该在离别前这晚和她好好聊聊。但我们最近一直同在张老师那听课、学习和讨论,还有什么可聊的,中医学的本质是人学,有些时候你不断重复的中医经典句子其实就代表你想表达的意思,一直没有回应其实就是回应。

当我们收拾完各自的行李并贴上标签聚拢在指定的地方坐到师大校园的长条凳上的时候,已经晚上9点多了。一轮弯弯的下弦月挂在天际。此时的师大校园一片沉寂,路灯在绿叶的映衬下显得幽暗温暖。柳杞儿坐在长条凳的一头,出神地望着月亮。

"柳杞儿,冷吗?"我扭头看了一眼林荫中默默坐着的柳杞儿。

"不冷,"柳杞儿说着,直了直身子,眼睛中闪过灯光的一丝昏黄。

我没说什么,站起来将薄薄的防晒衣脱下来,披在她裙摆下,也不知这样能不能挡住蚊子的侵扰。

"柳杞儿,你就要到江西中医学院附属医院实习了,我提前一天出发,也不能送你,心里挺过意不去的。"

"是的。你知道我一直对咱们国家的传统文化很感兴趣,我希望能基于更宽广的视野来关照咱们的传统文化。自从上次听张老师讲完东汉建安七年道学家葛玄在被誉为江南药都的江西樟树阁皂山东峰采药、修道,修炼九转金丹成功,继而他的侄孙——葛洪也来樟树镇悬壶、讲学著书的故事后,我就一直很倾心这个曾经与景德镇、吴城镇、河口镇并称江西四大名镇的药都樟树镇。刚好学校有这个交流实习的机会到江西,我就报名了。听说你们是明天上午出发,我去送你!"柳杞儿说着向我这边靠了靠,把原来放在我俩中间的方便袋挪到凳子的另一头,"樊青桐,你知道吗,这可是人家上大学以来第一次和一个男生单独在校外过夜呢!"

"我,我也是,不过,这,这好像不能叫过夜吧。柳杞儿……"我深深地咽了几口唾沫,感觉喉中干干的。

"干吗说话吞吞吐吐的。"柳杞儿说着瞥了我一眼,"是不是心存叵测?上午大家在千佛山游玩许愿,在大家往铁链上拴'连心锁'的时候我就发现了你的小心思。哼!当时你还说什么学业同心、临床用心、科研上心,我看是表面说一套内心想一套吧?"

"没,没有,真是祝福咱们在老师指导下专心学业,终有所成的意思。我,我有点渴,想喝水!"我突然感觉很迷茫,那几个字在我的喉咙里徘徊了半天,硬是被我咽了回去。

"给!"柳杞儿说着将一瓶纯净水打开,递到我跟前。我没有说话,轻轻地呷了一口在嘴里,我知道其实自己并不渴,将瓶子递回去。柳杞儿也稍稍地喝了一口,抬起头看着天边的月娘。我抬头顺着柳杞儿的视线望去,瓦蓝瓦蓝的天上,那轮下弦月如钩一般地挂着,不知

第三十一章 离心何以赠

怎么的,我突然就想起了那首很伤感的词。"多情自古伤别离,更那堪,冷落清秋节!今宵酒醒何处?杨柳岸,晓风残月,"我说到此处顿了顿。柳杞儿接着念道,"此去经年,应是良辰好景虚设。便纵有千种风情,更与何人说?"

德国哲学家叔本华曾说:"本来是自己虚构的事,因为重复说了好几次,最后连自己也信以为真,这样的人实际也属于精神失常。"若从这个观点看,此刻的我可能或多或少也处于这种状态。听完柳杞儿沉稳而舒缓的接续念诗声,我的心头一热,"柳杞儿,我……"

柳杞儿用手势制止了我继续说下去,轻轻说道:"什么都别说,樊青桐。给我唱个郑钧的《极乐世界》吧!"

"当你开始哭泣,你可听见我的叹息,我知道你失去的远比我曾给你的多……"我轻轻地唱着,柳杞儿的眼睛亮亮的,让我感觉她有很多话要说。唱完,我从随身携带的背包里拿出我在学校"济世书铺"预定的《本草品汇精要》提货券递到她面前,这张几乎用掉了我今年全部奖学金的提货券在水师大幽暗的路灯下显得皱皱巴巴。

第二天,发往连云港的实习生包车正闪着黄灯要缓慢驶出校门时,我远远地看见学校新建的那幢大楼拐角处,身着白色连衣裙的柳杞儿正静静地立在那儿,就像军训她举报我正步走时一样的姿势,不过那时我们的距离是10厘米,现在却是随着客车的行进距离被越拉越远。我的心也如同柳杞儿那被风吹着的裙摆一样轻轻地摇晃着。

"一切有为法,如梦幻泡影,如露亦如电,应作如是观。"——《金刚般若波罗蜜经》

第三十二章

丁香枝上,豆蔻梢头

【杨柳丝丝弄轻柔,烟缕织成愁。海棠未雨,梨花先雪,一半春休。

而今往事难重省,归梦绕秦楼。相思只在:丁香枝上,豆蔻梢头。(宋·王元泽《眼儿媚》)】

18个月后的毕业前夕。班级在经十路的翡翠居吃了毕业前的最后一顿饭。我端着一杯酒站在柳杞儿对面，心里空空的，不知该说些什么。在她的杯子上碰了一下，一饮而尽。举着杯子的柳杞儿突然说："你知道吗，樊青桐，千佛山上那些个'连心锁'今年五月份被拆除了，说是怕太重，山体不支。"我一听，心里一惊。那晚，我喝了很多，但头脑却非常清醒，额头两条血管跳得厉害。柳杞儿只和我喝了两杯红酒就满脸绯红了，脖子好像也被这红浸染了。

"你过敏干吗不早说？"

"少喝点是没事的，不用担心。"

在柳杞儿舍友的建议下，我放下酒杯，送柳杞儿先回宿舍休息。

"樊青桐，谢谢你，大学五年就这么结束了，谢谢你这几年对我的帮助和督促，尤其在中医经典的学习方面和在黄河岸边的那次出手相助。可经过一年多的临床实习，我觉得有点迷茫了，中医药在门诊中的地位无可置疑，但在住院患者中如何更好地体现呢？是不是对于住院患者来说可有可无呢？如果是必须的，那么它的治疗切入点和优势又体现在哪些方面呢？这些我实习时一直思考的关于中西医之间关系的问题就交给你，由你来继续思考和实践。我的加拿大昆特兰理工大学录取通知书下来了，等签证下来我就要到那边去学习了。"柳杞儿边走边说着，声音里充满了坚毅和丝丝感伤。

"什么，你要出国了？！"虽然以前我也猜得出柳杞儿或许以后是要出国深造的，可是这话真从她口中这么突然和明确地说出来，还是让我吃了一惊。

"是的，家里人早就给我安排好的一条路。大学几年我也曾经怀疑过，我也曾经想过不走这条路，靠着自己的能力，去走出一条自己喜欢的路，可就在这实习的一年半时间，我经历了很多事情，感觉成长了很多。或许目前来看我不是那么喜欢做中医临床，但我对中医药研究很感兴趣，我要用现代科技来研究中医药，为临床提供高级别证据。但近一年来碰到的一些事情确实让我无奈和难过，就是我在学习中接触了几个留学归国人员，有公派的也有自费的，他们中有的喜欢套用在国外学到的新技术和新方法来申报课题，以便进行我国本土的中药和针灸研究。但有时囿于自身专业背景，虽然在国际上也发表了论文，却没有很好地实现新技术和新方法与中医药的有效契合，后劲不足。而且，这几个人中的多数还是元好问'鸳鸯绣了从教看，莫把金针度与人'的信徒，除非这个方法已经广泛传播开来，他们一般只会在大会小会上宣传经由这个新技术或新方法做出来的结果是多么的漂亮，能发什么级别的文章云云。但并不会真正教你到底该怎么做，其关键点在哪儿，甚至有的人还刻意模糊或隐藏实施过程中的相关具体参数。一旦这些技术和方法开始有广泛传播的势头，不再成为新技术、新方法的时候，他们立即开始撰写相关书籍教材、办培训班，但其背后的原理依然感觉语焉不详。所以基于自己 5 年的中医功底，我必须到这些新技术方法的发源地去看看、去学学，以便认清他们的原理，评价哪些更适合于我们的中医药，修正通过会议讲座等只言片语得来的'二手知识'。并争取努力学习一些更新的东西，在比较研究的基础上来阐释和提升咱们中医药。也许不对，但我私下隐隐觉得咱们中医药目前参与世界交流和争夺话语权的可能限制之一在于咱们的部分特别有水平的中医药专家，深耕中医药几十年，对中医药语言的掌握可谓炉火纯青，他们所掌握的才是全面的、立体的、真实的和鲜活的中医药，但他们可能对于翻译成英文的语言缺少如此精深的把握,这样导致的一个问题是由于缺少这部分中医药大家的把关,一段时间来,传入西方的有些片段化的中医药知识可能并非传统的经典中医学,而是相对简单的现代中医学,更别说其间还可能夹杂着翻译者的自行发挥。在经历了这些事情后,我觉得于公于私我都要出去一趟。"柳杞儿说到这里顿了顿,"既然你那么喜欢'河西走廊',特别是对被称为'河西四郡'的武威郡、张掖郡、酒泉郡、敦煌郡以及悬泉置感兴趣,去甘肃读研究生也算遂愿了。或许,在国外学习三年或者五年回来后,我也会去西部支教支医,若你还在,一起去看看曾经可以'以佩剑刺山,飞泉涌出'的悬泉置,一起交流我学习到的新技术和新方法,一起挖掘我们宝贵的传统医学。你要和现在一样努力,这可以算作是你我之间的一个秘密约定。"

"好,那我就在具体的中医药临床实践层面做好工作,等你回来一起交流合作。"我抬起头来感激地看着柳杞儿。是的,柳杞儿成熟了,不再是那个在教官面前举报我的小姑娘了,也不再是以前那个主动退出班委选举的小姑娘。她有了自己生活的目标、对事业的追求和对现实的考虑,我不是也有自己的经历和努力方向了吗?我静静地看着她,她脸颊绯红,静静地看着桥下川流不息的车辆,微微侧了身子对着我,右手指着远处对我说:"孟子提出的这个问题我觉得特别值得我们年轻人好好思考,他说,'子能顺杞柳之性而以为桮棬乎?将戕贼杞柳而后以为桮棬也?'所以不用刻意地去等待和感动你身边的人,真正让你心动和能感受到你心跳的人也许正在赶来的路上。你看那,路的尽头,就会遇到你命中注定的人。"我没有顺着她手指的方向去看,我还是静静地看着她,橘黄色的路灯温馨地照着济南这个感伤的夜。当镁光灯闪耀的一刹那,我突然感觉到什么正在悄然离我而去。是的,

第三十二章　丁香枝上，豆蔻梢头

柳杞儿不是我的谁，可她是我大学几年来相处时间最长，唯一一个和我单独照了合影的异性朋友。今晚柳杞儿的一席话也让我有了醍醐灌顶之感，才一年半不见她就让我如此刮目相看。我没有说话，目送着她走进学校的大门，消失在高大的综合楼后面。我跑到药店，买了一盒氯雷他定和葡萄糖酸钙送到她的宿舍楼下，用以前宋玉给夏婉送开水的方法把装了药的袋子递了上去。

"我怕我没有机会

跟你说一声再见

因为也许就再也见不到你

……"

不知哪间宿舍的窗口断断续续地传出歌曲《再见》的旋律，我的眼睛突然酸酸的，我觉得自己没有勇气继续听完，转身快速离开了女生宿舍楼，在楼角转弯的瞬间，余光中发现柳杞儿还是刚才的姿势站在二楼的阳台上。出了学校，打电话给宋玉、柏望春、袁浩天，大家一起来到了千佛山顶，看着明亮的月光下原来用以挂连心锁的铁柱果真不在了，我和柳杞儿之前系的锁此刻更是不知去向，或是堕入山间变成了一堆铁锈，或是经由废品回收站转到炼钢厂化了铁水。两座山头间空空的黑黑的，看了让人害怕。这时就听见柏望春幽幽地说："实习的时候，我挽救了一个因为爱情自杀未遂的姑娘，她和我讲了柏拉图和苏格拉底关于爱情和婚姻的对话，我觉得很有道理……"我默默地听完，没有言语，转身趴在栏杆上，在柏望春香烟包内衬的淡绿色锡纸上用歪歪扭扭的字写了一首诗《惜别》。

惜别

那晚 我也是站在千佛山巅，

青杞

在这如乳的月光上
铺了一层浓浓的思念;
只不过 那晚,
我看得见这思念的终点;
那晚 思念拧成的,
是一条浅浅的红线,
震颤在你和我的心间。

今晚依旧,月悬宇间,
圆圆,圆圆;

可是 今晚,
我只有把思念碾成薄薄的一层。
可是 今晚,
我的思念 怎么也拧不成那条线,
我感觉不到那揪心的另一点。

月圆了 又缺了,
你走了 就走了。

月缺了 又圆了,
你走了 就走了。

我知道这是一首寄不出去的诗篇,袁浩天在浩荡的山风中抑扬顿挫地念了一遍。听着袁浩天的声音,我脑中浮现出我和柳杞儿第一次在张老师家背诵《素问·太阴阳明论》时候的情形,"故犯贼风虚邪者,阳受之;食饮不节,起居不时者,阴受之。阳受之则入六府,阴受之则入五脏。入六府则——,入六府则——",柳杞儿至此结结巴巴,左手食指不自然地放在嘴角……一会儿又浮现出刚才和她一起站在天桥上的情形,"携手上河梁,游子暮何之",这首《别诗》也算悲凉吧,可人家却可以在送别时"徘徊蹊路侧,恨恨不能辞"。

所以,我写的这首诗不应叫《惜别》,而是《惦恋》。沉默中我接过那张锡纸,撕碎,看着它们一片一片像落花一样从我指缝中滑落在丙戌年的山风中。这时,我的手机突然响了起来,铃声是一年多前柳杞儿在与现在相同的地方给我唱的《相逢是首歌》,之后我就把这段录音设为了铃声。宋玉转头看了我一眼,没有说话,我知道他此时内心也有他的挣扎与痛苦。他没有能力在省城和夏婉一起找到合适的工作,分手成了毕业后的结局。

第三十三章

别后书辞

【燕燕轻盈,莺莺娇软。分明又向华胥见。夜长争得薄情知?春初早被相思染。

别后书辞,别时针线。离魂暗逐郎行远。淮南皓月冷千山,冥冥归去无人管。(宋·姜夔《踏莎行》)】

第二天来到教室，领到了那个为之付出五年青春的印有"济水中医药大学"七个烫金大字的红色封面的毕业证书和绿色的学位证书。柳杞儿不知什么原因没有来，毕业证和学位证是她爸爸来帮她领取的。

柏望春问我："你知道柳杞儿为什么没有来吗？"

"她要去加拿大留学了，我昨晚刚听她明确说了。"怕被别人听到这个消息，说这话时我将声音压得很低。

"当初你考研去甘肃，有征求张济禹老师的意见和建议吗？有请他帮你推荐导师吗？"

"没有啊，我当时也没有问张老师。就是自己在图书馆看到一本那个老师写的关于《金匮要略》的书，读完后觉得他对于中医的见解和观点深得我心，崇拜之情油然而生，我就想一定要去读他的研究生。怎么了？"

"没事，我就问问。你之前天天和我讲'圣人不忽于细，必谨于微'，但感觉这句话你并没有理解。本来按照你的能力你会有更好的选择，比如去北京、上海、广州、南京的中医药大学，或者山东中医药大学甚至考上复旦大学附属华山医院中西医结合临床的研究生。但我知道去河西走廊一直是你的梦想，你有这种选择或许就是爱屋及乌吧！但你在报考之前有深入了解过他的学术地位和学术能力吗？我这两天听到你对他的推崇后，专门在中国知网和 Web of Science 查了一下他的文章，感觉没有几篇。青桐，我觉得内心再强烈的追求，也要在现实的平衡下去取舍，长者几十年的阅历真能被年轻人的一腔热血取代吗？大学生活也不是只要你一门心思沉心读书、用功学习就会自己变好的，除非其他事情有人替你操心，毕竟社会的主体是人。这个就类似于中药的'转化生效'，即中药被服用后通过体内不同环节的转化而产生的功效。对于已有知识的吸收和利用恐怕也是这样,当不同组合的固有知识被不同的人学习吸收后,通过不同的大脑、不同的自然和社会环境、长短不同的时间等的'转化'到底会产生什么样的新知识和新线索?我想这个远比你学习了知识'甲',输出的也是知识'甲'更重要。对于个人,知识的'转化功效'恐怕还不止于此,它还可以转化成你的工作、你的地位、你的伴侣等等。青桐,我觉得,要想得到一个好的'转化结果',除了输入知识的多寡、优劣外,'知识转化'过程因素中的每一环对结果都具有决定性的作用,简言之就是天、地、人。以我有限的经验看,恐怕最重要的还不是前两者。"柏望春说着表情严肃了起来,"青桐,有些话我其实不想和你说。实习期间,我看到柳杞儿到张老师家好几次,听说她到加拿大留学还是张老师给参谋规划的,为了这个留学名额张老师还专程去了一趟加拿大,拜访他当年留学时候的导师并推荐了柳杞儿。去年学校还安排柳杞儿去加拿大做了三个月的交换生。"

"哦,我之前都没有听说啊!"

"你一心只读圣贤书!前阵儿,柳杞儿不仅作为学术秘书协助张老师主编了一本创新教材,还和张老师共同发表了一篇文章,虽不是学术文章,但听说张老师特别高兴!这个你知道吗?写作可是你的强项啊!但张老师编写创新教材的时候你在干什么呢?"

"没人通知我啊,你怎么知道这么多?我……"

"我不是留在咱们学校附属医院实习嘛,柳杞儿前一段时间回济南参加学校组织的出国留学培训,我们一起吃过饭。她说她要去的那个什么大学刚刚在张老师的具体联系和推动下,和咱们学校建立了合作关系,共同致力于抗肿瘤中药的合作开发研究,刚好咱们学院院长是搞组分中药研究的,就当了中方牵头人。她算是这个项目的第一个公派留学生,今年学校唯一的名额。"

正说着就看见窗外好像是一班的学习委员淑静在冲着这边招手,由于之前并没见过真人,我并不肯定,就对着柏望春努了努嘴,揶揄道:"二哥,你看那个是不是你当年追求过的淑静啊?她好像在对你招手啊!哈哈……"

柏望春扭头一看笑了,说:"就是她,她来找我的,我们今天一起到咱们学校第九附属医院报道。她不想考研究生,但是又想留在济南工作,就参加了咱们学校第九附属医院的招聘。还别说,她还挺厉害,笔试面试成绩都名列前茅。"

"你们?"

看到我诧异的表情,柏望春哈哈一笑,说:"我们半年前就和好啦!考研前我们商量了一下,她先工作,我攻读咱们学校附属医院的骨伤科研究生,打算明年春天就结婚。新房就买在九附院旁边,这样方便淑静上下班。可惜房子还正在装修中,要不然就请兄弟们去坐坐了。"

"望春,都说浩天有才,今天我才发现我们宿舍真正有本事的人是你!叔本华曾说,'写作艺术中最重要的原则,是任何一个人在同一时间内都只能想一件事情'。或许我们在读书学习和写文章的时候做到了,但你却在爱情中做到了,曲终奏雅。"我说着,没有抑制住自己的好奇问道,"那个新加坡留学生呢?"

"谁?哦,你说曾经和淑静学习过汉语的那个留学生啊,去年稍晚时候就毕业回新加坡了。好了,不和你说了,我先过去了啊!"柏望春走出教室门,又折返回来,"青桐,下午因为要和淑静去九附院

第三十三章 别后书辞

办理一些手续，我就不去火车站送你了。"柏望春说完这话用力拥抱了我一下，迟疑了一下继续说道，"青桐，你有想过若干年后，柳杞儿留学归来，你们再见面时候的场景吗？"说完柏望春转身走出教室，我抬起头，看到窗外楼道里的淑静边走边小鸟依人般将头靠在柏望春胸前时，好久才回过神来。

学校给我们每个毕业生送了一个拉杆箱，还有一块金黄色的圆形校徽。我们一个个拿了箱子坐在宿舍的床上翻拣着有用的东西往里装，没用的就扔掉。突然一个印有"高考录取通知书"的信封出现在我的面前，里面装的是五年前的学校简介和新生入学须知。我出神地看着，默默地回忆着当年拿到这个录取通知书时的情形，当时只顾着去憧憬和向往了，怎么也不会想到五年后我和李青译会是这样的结局。

我一个人拉着印有"济水中医药大学2006届留念"字样的行李箱，走在火车站高高窄窄的甬道上，心里翻滚着。揭起这床铺盖，济南对我来说也就成了曾经的驿站，在这里我收获过、奋斗过、爱过、恨过、哭过也笑过，更重要的是经历过。五年前我来济南的时候，还有爸爸陪着，还有一个人怀念着，还有一份憧憬在；五年后我回去时，陪我的就是这只行李箱。哦，不！还有那床珍贵的被子。

再见了，我的济水中医药大学；再见了，我的兄弟姐妹们；再见了，我奋斗了五年的青春岁月！在这里我学会了思考，粗略学会了中医。挥一挥手，我目光掠过停靠在轨道上的那列绿皮火车顶，向着学校方向深深地看了一眼。正想着，一架飞机从我头顶飞过，不知飞机里面是否坐着可爱的柳杞儿？我拉开随身背包想从中拿出身份证，一个信封？右下角印着"敦煌驿站"的信封空白处密密麻麻地写着红黑两色的文字，黑色的是我写的《敦煌，且西行》这首小诗的初稿，红色的是柳杞儿当时的修改。几行熟悉的字体又将我的心带回到两年前，我们大学团委组织我们和山东中医药大学学生一起赴敦煌参观学习的时候，正是在那个秋季的党河边，我们共同完成了这个作品。后来这首小诗发表在《中国科学报》上，我和柳杞儿的姓名在作者栏并排着，她和我蹲在党河边讨论这首小诗写作的照片也被刊登在《济水中医药大学报》上。现在想，或许正是这些"虚名"滋生了我内心的那一点朦朦胧胧的希冀吧？

敦煌，且西行
樊青桐 柳杞儿

一进驿站门
耳边就流进了丝丝胡笳
声声慢 如诉如行
桌上的定窑白釉碗
茶 映着天边的几颗星

不远处
月牙泉响 鸣沙催行
似乎 披甲将士 饮马沙井
似乎 玄奘西行 禅杖轻点
又似乎 凿山建窟 金石相碰
不久 这声音
走出阳关 翻越葱岭

第三十三章 别后书辞

打开桌角泛黄的《穆天子传》
耳边响起
周穆王会西王母时"白云遥"
"比及三年,将赴尔野"

今晚 对坐 月色清冷
"三炮台"两盏

身后
飞天的羽衣霓裳
石刻的朱红"大藏经"
还有那扇斑驳的木门
"吱呀…"一声
推开的
就是一段尘封的文明

凭谁问 "阳关三叠"
叠的是柔情还是豪情?
今晚 就着夜色
你我就尽享这隋雨唐风

想起 那个手持锡杖
远道而来的乐尊和尚
三危山下

青杞

双掌合十

建一处莫高

成千年敦煌

我将目光停留在最后这段柳杞儿用蓝笔框起来的文字上有10秒钟,我知道这是柳杞儿对我的鼓励。我用右手食指将眼镜推到额头,中指和大拇指使劲按揉了几下睛明穴,才扶好眼镜,轻轻打开信封,拿出信纸,是柳杞儿写给我的一篇文章《夜雨本草》,应该是缘起于离别前我送她的那套插图精美的《本草品汇精要》吧?

夜雨本草

在我国,水一向被赋予极高的品格,《老子》曾谓"上善若水,水善利万物而不争",《孟子》言"人性之善也,犹水之就下也。人无有不善,水无有不下"。

翻开我国明代唯一的官修大型综合性本草、同时也是我国现存古代最大的一部彩色本草图谱的《本草品汇精要》,其中关于水的记载不仅有文字说明,精美的彩绘也让人不忍移目。其一曰玉泉。《医学入门》载"玉消为水,故名玉泉","图经曰:玉泉生蓝田山谷","其色白,其味甘淡,其性寒"。其二曰浆水。浆水又名酸浆水,米浆水,古代用以代酒,"以万乘之国伐万乘之国,箪食壶浆,以迎王师,岂有他哉?"(《孟子·梁惠王下》)。其三曰井华水。亦作井花水,"此水乃平旦第一汲者,取其清冷澄澈"。其味甘,色白,性平寒,《敦煌遗书·单药方残卷》载"人面欲得如花色,以井花水"。其四曰菊花水。《后汉书·郡国志》载"荆州记曰:'县北八里有菊水,其源旁悉芳菊,水极甘馨。又中有三十家,不复穿井,仰饮此水,上寿百二十三十,中寿百余,七十者尤以为夭。……太尉胡广父患风羸，南阳恒汲饮此水，疾遂瘳。'"。其五曰地浆。清代医家严西亭在其《得配本草》中指出"以新汲水沃入，搅浊，少倾取清用之，故曰地浆"。其六曰腊雪。"满城腊雪净无埃。触处是花开"（向子諲《朝中措》）。"大寒节后之雨雪谓之腊雪。时当阳气潜伏，寒令大行，其花六出，乃禀纯阴之数。故能治一切瘟热之疾及腌藏果实经年不坏。"其七曰泉水。"水禀壬癸，乃天一所生，若穴沙石而出者谓之泉水。"其八曰半天河。"此水乃天泽水也，由雨贮于高树穴中及竹篱头上，盖禀干阳之气，谓之半天河。"其九曰东流水。"水自昆仑发源，由江河淮济而注于海，所谓江汉朝宗是也。然人病后虚弱而气不能健运者，必用东流水及千里水也，盖千里水不泥于东流者，但取其活水耳；其东流水，必取其向东流者也。"

　　河的文化与水的文化一样源远流长。细究上述煎药、煮茶用水的源头，大部分与河或多或少有这样或那样的关系。河，不仅是水的载体，更是一种思绪的寄托。"水，准也。准，平也。天下莫平于水。"水当流于大河之中，有浅水叮咚，有静水流深，有奔流不息，与今之被困于各种管道，不见日月之华迥异。当然，在古代"水"本身就有河流的意思，如"所谓伊人，在水之湄"。说到这里，白居易的《长相思》就涌上了心头，"汴水流，泗水流，流到瓜洲古渡头，吴山点点愁"写的是朦胧月色下闺中少妇思念远方丈夫的无限哀愁；又如诗人贾岛名句"秋风生渭水，落叶满长安"表达的是思念旧友的凄冷之情。在古诗的意境中，河流此一意象营造的大抵是一种氛围，常常就被赋予了真实的感情色彩。不论是"风萧萧兮易水寒"的生死气概，还是"桃花潭水深千尺,不及汪伦送我情"的深情厚谊,抑或"大江东去,浪淘尽,千古风流人物"所表达的宏大气魄,再或者是"河汉清且浅,相去复几许?盈盈一水间,脉脉不得语"所表达的相爱而不能相会的愁苦,无不通过"河"予以表达,河在这个时候就是一个流动的载体,就是溢满感情的水,"只恐双溪舴艋舟,载不动许多愁"就是最直观的表达。

槐榆更迭,我也走过了很多大大小小知名不知名的河流,但夜深人静窗外雨声滴答,抑或在只身前往新疆的火车上窗外大漠戈壁间掠过窄窄的引水渠,又或者江南乡间瞥过荷花满池、野渡舟横,总会生出几分感慨。今夜正值农历十三,月光如水,心中不禁涌起"春江潮水连海平,海上明月共潮生"的景象,遥远的记忆外的月色下银光闪闪的河流,和那些河边的思绪。思绪总也跳不出祖先们的智慧探索之路,沿着大河生活,循着水源探求心中的桃花源、菊花溪,赋予其浓浓的乡情。并将对自然和人生的哲思融入其中,"子在川上曰:逝者如斯夫"。

济水中医大的夜,春雨淅淅沥沥。伫立窗前良久,朦胧中我似乎看到一群儿童披着爷爷用稻草编制的蓑衣去采集那落花来做"冷香丸",小脚的奶奶则慢慢地从耳房搬出舂米石臼去接了雨水来煎药。"故人家在桃花岸,直到门前溪水流。"这些我不曾经历的场景和鲜活的画面来自张济禹老师绘声绘色的讲解。推开窗户,细雨带着落花的清香扑面而来,桌上明代医书《本草品汇精要》中一幅幅精美的绘图被风吹起,一如我们大学生活的帧帧画面般美好……

好友:柳杞儿
于毕业前夕

我认真而不舍地看完这几页抄写得工工整整的文字，看到最后这句"一如我们大学生活的帧帧画面般美好……"，被划掉前写的是"一如我们之间亲密无间的友情……"。唉，到底哪儿才是我内心可以映射到现实生活中的桃花源呢？

　　水？！这是一篇关于水的文章！我脑中突然闪现张老师在实习前和我们的那次谈话和刚才柏望春所说的事情，突然明白这文章不是柳杞儿写给我的，或许这就是柳杞儿看了我送她的《本草品汇精要》，和张老师共同署名发表的那篇文章吧？这也算我俩合力帮张老师完成了夙愿，不过对张老师来说，柳杞儿是"显"，我是"隐"罢了！

　　想到这里，我准备慢慢地将这几张"信纸"折叠起来，却发现这些并非什么普通信纸，而是一张张的中药仿单。我心中一酸，想中药会有仿单来说明它的性、味、归经和功效，甚至会附上中药图谱，让人一望可知。而人却只能透过他社会化的外在去猜测，笑盈盈的脸上也会藏着内心不与人诉的痛苦。若说草木无情，草木的内在却是相对透明的；若说人常有情，人的内心却是会"等闲平地起波澜"的。我呆呆地看着这张中药仿单上寥寥几笔勾画出来的芍药简笔画，突然想起了李时珍在《本草纲目》里的一句话"相赠以芍药，相招以文无"，赶紧放下行李箱，从中翻出和青译分手那天她从车窗扔出来的报纸，仔细地看着那幅钢笔画，这不正是中药文无（当归的别名）的全草吗？晋崔豹在《古今注·问答释义》中云："古人相赠以芍药，相招以文无，文无一名当归，芍药一名可离故也。"六百七十多年前朱丹溪在《格致余论·石膏论》中曾说："《本草》药之命名，固有不可晓者，中间亦多有意义，学者不可以不察。"难道这是丹溪老先生对我的暗示？同时，若从中药归经看，芍药归肝、脾经，而文无归肝、心、脾经，二者存在入与不入"心经"的差别。我和柳杞儿的关系只能"无心相赠",而青译对我才会"用心相招"。"相思难避如逃疟,一味文无是良药。"想到这里,我急忙收起信封,拿出手机,打开短信,我要把那天从扬州回来写了一半的诗完成,发给她。

  错过扬州,错过你

   踏碎一地月光,弄乱梧桐疏影;
   循声二十四桥,却入广陵佳境。

   西湖瘦,运河长;
   文无意,倍思量。
   旧墙缀青衣,蜡梅小轩窗;
   湖心红亭在,日西水微凉。

   切莫念,
   别后思绪,恨与伤,
   五更起坐看落霜。
   抬望眼,
   杨花落尽,柳丝长,
   谷雨夜深,荼蘼香。

  写完没有多想我就点了发送。盯着手机:"您的信息发送失败"。我又试了一次,还是发不出去。难道没有信号?我小心翼翼地拨通那个熟悉的号码,"对不起,您拨打的电话已停机"。

  显然今天装在医院中药柜子中的麻黄,不再是夏商交替时期古墓沟的古楼兰人用以陪葬的麻黄。科学家发现经过几千年的驯化过程，受驯化的植物逐渐失去了其野生祖先种的部分生理形态和遗传特性，而能够满足人们需要的变异性状不断得到积累和加强，最终形成了高产优质的现代栽培种。与此相似，人也有一个社会化的过程，也就是说现在的我，已经不是五年前站在杞柳林深处的小池塘边思念着李青译的樊青桐，也不会是五年后在悬泉置遗址旁等待与归国后的柳杞儿见面的樊青桐。

"不悲伤，不叹息，当我回首，黄叶已落满我心间，我已不再青春年少！"是的，我已不再是曾经那个无忧无虑的毛头小伙子！想到这里，抑制不住的泪水涌出我紧闭的双眼。朦胧中，我又看见故乡那片波波而荡、绿得连天的杞柳林，还有那个她。耳中响起"将仲子兮，无逾我里，无折我树杞……"的低声吟唱。脚下的站台旁，太阳遗落在两条轨道上的火花跳跃着奔向前方，直至融合成一团更加耀眼的光……